LOCUS

LOCUS

LOCUS

LOCUS

mark

這個系列標記的是一些人、一些事件與活動。

mark 07 **風聞有你，親眼見你**
作者：冉亮
責任編輯：陳郁馨
美術編輯：何萍萍

法律顧問：全理法律事務所董安丹律師
出版者：大塊文化出版股份有限公司
台北市104南京東路四段25號11樓
讀者服務專線：080-006689
TEL：(02) 87123898　FAX：(02) 87123897
郵撥帳號：18955675　戶名：大塊文化出版股份有限公司
e-mail:locus@locus.com.tw

行政院新聞局局版北市業字第706號

總經銷：北城圖書有限公司
地址：台北縣三重市大智路139號
TEL：(02) 29818089 (代表號)　FAX：(02) 29883028　29813049
排版：天翼電腦排版有限公司
製版：源耕印刷事業有限公司
初版一刷：1998年2月
初版9刷：2001年2月

定價：新台幣250元

Printed in Taiwan

風聞有你，親眼見你

一個新聞記者與乳癌的故事

冉亮◎著

得知自己得了乳癌，還是前往亞特蘭大CNN 總部訪問CNN 總裁泰德·透納。

我在接受化療的期間開始畫陶。這是我的第一批作品。

做化療之前，老公帶我先去把長髮剪掉了。這是在我心中仍惶惑不已的初期階段，我們去公園散步。

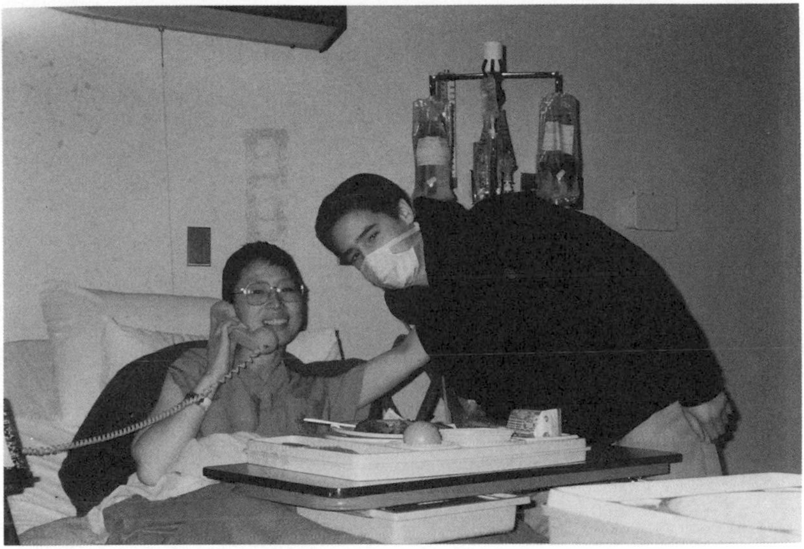

住院期間，家人來陪我，是我那段孤寂的日子裡最開心的時候。在骨髓移植回我體內後，兒子來看我得戴著口罩。

骨髓移植手術之後，第一次專訪任務是採訪鮑威爾將軍。

一九九六年初返台探親，父親已垂垂老矣。臨走那天，我強顏歡笑，與父親（右二）、二姊冉台（右三）和女兒米娜（左）合影。

我和老公的近照。

重新擁抱生活，享受與孩子共處的時光。

目錄

序

眞愛無止，大愛永生！

胡志強

冉亮是我政大外交系的學妹，第一名出校門，確實非常優秀。一般都是學弟學妹們先聽說學長學姐的名聲，她可不一樣，當我還在外國苦攻學位之時，她已經在新聞界嶄露頭角，是鼎鼎大名的中國時報駐華府記者了！

初看她的新聞，以爲她是男生——因爲她的文章雖然都是從細微處著手，卻經常帶來很大很重的震撼，給人氣勢磅礡之感覺（我不是重男輕女，只是年輕無知，不知道很多震撼力大的記者都是女生）。

在英國唸書時，曾有一次聽說她到牛津來，可惜沒有見到面。後來雖然曾經路過華府與她見面，往來卻不多。只覺得她很敏銳，很認眞，很年輕，也記得她一頭飄逸的長髮。當然也聽別人說過，她是個「工作狂」。除了愛孩子、愛先生、愛朋友，也愛國家之外，她幾近瘋狂完全投入工作。甚至一九九四年三月安排好了要訪問CCN的總裁，乍知自己得了癌症，她還是先去訪問完再回去接受進一步的檢驗，而且在冗長的檢驗過程中把訪問稿子寫完。

結果證明她已進入嚴重的乳癌第三期。她靠旺盛的意志力與豐富的愛心，毅然與病魔對抗。一面是注射化學藥劑、反胃、嘔吐、落髮、昏迷的痛苦循環，她卻堅持永不低頭。另一面是兒女的牽掛、先生的深愛、朋友師長的眞情，以及她自己對周遭每個人的眷念，使她決心永不放棄。在治療期間，她仍繼續大量閱讀書籍，關於癌症的、宗教的、文學的……，甚至繼續寫新聞稿、寫專題報導。

她心中的艱辛使她更接近宗教。多年前她到耶路撒冷受洗，安東尼主教給她一個教名Svetlana，原意爲light（光亮），與她中文名字完全符合。她想：這麼美妙的巧合，豈不是神的眞愛？不過，如果眞的愛她，又爲什麼要讓她受到如此刻骨銘心的折磨？

我相信冉亮後來終於瞭解，支持她的，正是眞愛：情愛、親愛、友愛，讓她在意志薄弱的時候，撐過去、走下去。也因爲自己對這個世界的愛，她更渴望盡量吸收、學習、領悟，讓自己一刻也不得閒。大病之中，除了讀書、看電影，她還去學陶藝、學繪畫、接近音樂、寫詩。

冉亮就是冉亮，也終於昂首走出痛苦與折磨，也悟出宗教的「大愛」，其實是萬流一宗，聖經的「愛」與佛家的「無緣大慈、同體大悲」，道理完全一樣。

她更沒有忘記她的最愛——新聞。剛動完大手術，她又執筆寫另一個獨家新聞。這位記者，不僅活得精采，也病得精采，甚至爲她守夜的外國護士都說：「你是難得的病人，總是看書、寫字！」冉亮也自我體認：看書寫作是她的宿命。

她戰勝病魔、重回崗位之時，我也奉派到美工作。住在華府，終於有了與她相近相處的機會，也眞正感受了她所散播出來的光、熱、愛。不知不覺之間，內人與我都把冉亮看成自己最好的朋友。

從而我們眞正瞭解，冉亮在心中對每個人好，她的好，也在大家心中。我們相信，這就是一種愛，是眞愛，也是人愛。冉亮走過癌症的心路歷程，就是因爲眞愛與大愛顯現了力量。她把這一大段歷程，記下來寫成：「風聞有你，親眼見你」。

冉亮，謝謝你告訴我們：「眞愛無止，大愛永生！」

八十七年元月

（本文作者現爲外交部長）

序

關懷生命，疼惜女性，追求圓滿

張金堅

從醫學院畢業後，我一直從事外科醫療工作，迄今已有二十五年，接觸到無數乳癌患者，其中有的因畏縮頹喪而耽誤了治癒契機，有的卻積極接受治療，重獲新生。本書作者冉亮女士，也是一名乳癌患者，她得的是較嚴重的第三期乳癌，透過她的親身經歷，由書中字句的陳述，讓我深切感受到她是乳癌患者中的「勇者」及「智者」，集勇氣、毅力與智慧於一身。在罹病過程中，她要接受無數次繁複的檢查，她要接受各式治療的折騰，在傷心與軟弱的背後，卻能夠堅強面對進而勇敢克服，可算是與醫師配合度最高，亦最懂得溝通與合作的病人。

書中，她道盡了在「採訪工作」、「家庭照顧」與「癌症治療」三重壓力下的辛酸與苦痛，並如何在心、身、靈三方面恰如其份地取得平衡。她在積極尋求正統的西式醫療之外，更在神的關愛及親情、友情支持與鼓勵下，迎接每一次不同形式的治療與煎熬，包括：化學治療、右乳切除、放射線治療、骨髓移植等。每次的迎戰均備極艱辛且漫長，但她在掙扎之後，都能坦然以對，勇敢以赴。我十分感佩的是她身在國外，卻願將個人罹病的心路歷程實記述，呈現給國人，讓國內婦女朋友明瞭「乳癌並不可怕，只要有信心，必能戰勝它」，這一份用心令我相當感動，也對冉亮女士產生由衷的敬佩！

在即將邁向二十一世紀的今天，高科技的醫療，有時候過分強調精密儀器設備與昂貴醫療檢查，卻忽略了人本的關懷，「人性化醫療」反而不被重視，因而造成醫、病關係之緊張與惡化。作者在字裡行間也隱約暗示了這種「醫病不醫人」的負面效應，這點與我的想法不謀而合。在此不禁要呼籲臺灣醫界及社會大衆，在發展醫療科技之外，尤要重視「醫學倫理」及「全人醫療」，讓醫、病關係趨向於和諧的雙贏境地。

近年來，隨著生活水準的提升、飲食西化、晚婚或未婚婦女人口增加，乳癌的發生率急遽上升。目前臺灣的乳癌在診斷時多已超過兩公分以上，而歐美婦女卻多為較早期的乳癌，顯見臺灣婦女朋友們較缺乏醫學常識與自我警覺。國內乳癌患者多在四十歲至五十歲之間，正是家庭中的核心成員，她們的罹病不僅給家庭帶來嚴重打擊，也是社會極大損失。因此，教育婦女對乳癌有正確的認識及了解如何防治，應是當務之急。希望藉著本書的指引，不但使國內罹患乳癌的病人能夠充滿信心，積極治療、追蹤與復健，進而在康復之後，重返家庭與社會，過著正常而有意義、有尊嚴的生活，另一方面也使國內健康女性更懂得珍惜自己寶貴的生命，真正能夠預防與保健，迎向幸福圓滿的人生。

（本文作者現為台大醫院外科部主任，同時是財團法人乳癌防治基金會董事長）

序曲

人生，是多麼美好！

我從來不知道游泳可以是這麼快樂的一件事。

我從此岸慢慢地游向彼岸，想像水中悠游自在的魚，總是那麼輕巧地擺尾而行，爲什麼好多游泳健將卻總是一副用盡全身力量，拼命在游的樣子？

我自知沒有那個能耐，體力和技術都不夠，所以乾脆師法金魚。我游的雖然是蛙式，卻寧願想像是金魚而不是青蛙。我慢慢地，輕巧地游著，發現這樣游幾乎可以水波不興，很好。

到了對岸，我開始游仰式。藉著水的浮力，我可以更輕鬆地躺在水面上，兩手輪流在水中與空中畫出一個個的圓圈。

簡直想不到啊！我曾經以爲自己的右肩與右膀會僵掉，也曾經疼痛得舉不起右手膀，如今我竟可以揮出一個個大大的圓，滿滿的圓。

我還可以仰頭看天空。那蔚藍無垠的天，以前怎麼沒想到該好好欣賞呢？我看著雲的變化，覺得天空眞是一塊好大好大的畫布，而周流不居的雲就是潑墨畫。有時天空又是萬里無雲，一色的藍，那可是一本無字天書呢！

就這樣，我以蛙式游過去，又以仰式游回來，一來一往剛好是五十呎，而我每天來總要游上三十個來回。

本來是爲了健康的原因開始游泳的——大病一場，從生死關頭走過，我虛弱得沒有體力，因緣際會地開始游起泳來。

沒想到游過以後，身體不但不覺得累，而且還感覺精神煥發，體力也增加了！自此，我就認定了它。

生病以後之所以不曾想去游泳，甚至不大敢去游泳，主要是緣於自己有「身體障礙」。第一次出門去游以前，還曾辛苦地把「義乳」用別針別在泳衣的右胸，然後戰戰兢兢地去到泳池，又怕別人看出來，又擔心游的時候會走光。

但是，很快地，我就發現無論是大人或是小孩，大家都是來享受一段快樂時光的，而且像我這樣一下水後就游個不停的人，也無需上岸休息或做日光浴，大可自在隨意的。

第二天，我就豁然丟下「義乳」了。是啊！我是只有一個乳房的女人，又怎樣呢？我穿上泳衣，反正是件綠花花的連身泳衣，不注意看也不會知道我的身體缺陷。

知道了，又怎樣？我可有一個蠻長的人生故事可以說給你聽呢！

我是那麼忠誠地守著這個每日活動，無論有多忙，或是多懶散，時候到了，我必然萬緣放下，奔向泳池。

我又是多麼地執著，即使天空飄起濛濛細雨，或是華燈初上，甚或秋風已起，我仍然不介意成爲泳池中的唯一。

人生多美好！

・　・　・

從三年前我患了乳癌，而且已是第三期的乳癌以來，這個故事就開始在我腦海裡醞釀著。只是眞正開始執筆，則是這一年來的事。我忙我累，但文章始終在慢慢地成形。

我何其有幸，活了下來，雖然這已是我生命中的秋天，人到中年，然而如今懂得珍惜，懂得感恩，看山是山，看水是水，不也是「天涼好個秋」？

可以說，我是用生命在寫這本書的，而這本書也是在寫我——一個平凡人——的人生故事。

就在採訪CNN總裁的前一天……

一九九七年六月下旬，工作上成天忙著配合「香港回歸」專題，但還是抽空去了趟喬治・華盛頓大學的醫院。

再度走向那熟悉的大樓，心情已不那麼沉重，只是心頭總有層惘惘的隱憂，擔心癌症復發。

癌症中心在三樓。腳還沒踏進醫院，我心裡已開始討價還價起來：這次我不算是癌症病人吧，我只是回來做個定期檢查而已。我一心希望自己輕快地進去，也輕鬆地離開。

照例要先到小房間去抽血。看到是位新面孔的護士，心裡就有點緊張。她會像上次那位新人爲我抽血時一樣不住地顫抖嗎？她有足夠的經驗抽出我的血嗎？

「今天要抽幾根管子？」我先探探情況。

她看著病歷說：「五根。」

「這麼多？」我不喜歡。

我一邊勇敢地伸出左手臂，一邊告訴她，因爲我的乳癌是在右邊，所以只能用左手，不過化學治療已經把我左手的血管破壞得差不多了，「希望這次運氣好些！」我對她這麼說著，也是在自言自語。

她是緊張的，雖沒發抖，但我感覺得到。她要我緊握住「小豬」（一種軟玩具），好讓手臂上的青筋顯露，好扎針。然而我幾乎要把「小豬」捏死了，臂彎部分的皮膚依舊平滑，看不清血脈的布局。

她開始用手去摸，恐怕也只是用常識去研判我血管的位置。看著她舉起針管，我就撇過頭去，任她試著扎下去。至少我不必去看。

針管插進去以後，我才轉頭看，爲的是希望看到試管中噴出鮮血。然而，沒有！

於是，針管開始在我血管中轉換位置，左轉右轉地在找「對的門路」，我的心也跟著糾結起來。

仍然吸不出一滴血。

她抽出針來，我心仍懸著。

還沒來得及開口，她又把針刺進去了。然而，依然沒有看到那期待中的一抹鮮紅。我忍著任針管再次左右轉動探路的疼痛……

「或許妳該試試我的手背吧！」我終於提醒她。

她接受了，棄守了手膀上的粗血管部位，移師到我手背上的小戰區來。我又努力抓緊「小豬」，看到手背上一條條細細的青筋逐漸冒起來，希望也就跟著升起。手背抽血其實更痛，但至少有血出來了。啊！只是它出來得那麼稀少，竟是一滴一滴的，而我得等它慢慢滴出五根試管的分量啊！一種無言的委屈感油然而生。

又見到塔巴拉（Imad Tabbara）醫生。他親切如昔，問我近來可有任何不適。我突然想起自己左乳房下邊最近似曾疼痛過，不妨問問專業醫生的看法。

他用力地按著我那個部位，想要感覺是否有硬塊成形，我卻痛得叫起來。心中暗暗一驚，是真的還在痛呢！

「我不確定這究竟是胸肌還是妳的骨骼，為了謹慎起見，我建議妳去見細胞檢驗醫生（cytologist）一趟，看看究竟是不是癌細胞！」

走出醫院，我的步履已無法輕快。

是的，這三年下來我已身經百戰，也已不會動輒害怕或流淚了。然而，繼之而起的，卻好似一種哀怨甚至氣憤的情緒。

我不要癌症再回來！好不容易我才終於感到體力恢復，而且重新擁抱了生活。我又想到剛才的血液檢驗結果白血球已稍有回升，連體重最近也增加了幾磅……我不願相信癌症又回頭找上了我。

但是，心中那個陰影又說話了：如果它真的又復發了呢？如果癌果眞回來了……我不敢想下去，我只知道那對我會是一種毀滅。

難道這就是我的宿命？這些日子以來，每隔一陣子，身體上任何不適就會牽引心理上的疑懼，然後就是等待檢驗結果的煎熬。

就這樣，我一關又一關地走著，情緒也從最初的強烈起伏，到逐漸地能鎭定面對新的關口。

然而，這次卻有所不同，或許是因爲它發生在我僅存的左胸，更且，這次的疼痛讓我想起當初右邊乳癌所引發的疼痛……

看到細胞檢驗醫生是位中年女性，心裡比較舒坦，但緊張仍是難免。

「別緊張，妳看針這麼細，我不過是抽一些妳的細胞就是了！」女醫生親切地安慰著。

我還是怕，她就叫我握住護士的手。

一針刺下去，緊接著竟是針頭一連串的上下刺戳。我叫了起來。

「可以了吧？」我一心想起身走人。

「不行，要刺三針才行。這樣檢驗的範圍才比較周全啊！」

護士又把我按躺下來。於是，再次的刺痛，還有那聳人的連續刺戳。三針下來，整個胸部劇痛不已。

檢驗結果卻要等一週以後。那一週的等待期，我拒絕折磨自己，白天我盡量照常活動，甚至接待遠從台灣來的朋友何美頤一家。偶爾那個念頭會從心中閃過：如果我沒有問題的話，爲什麼會疼痛呢？

到了晚上，有時竟會夜不成眠。睡夢中一直在找醫生，想要知道檢驗的結果……

清醒以後，我誠心地向上帝禱告：主啊！無論您的旨意是什麼，我都會坦然接受的。

七月七日那個星期一，老公陪著我去看醫生。在路上，他告訴我，這次他的直覺是我不會有問題。我說，我也覺得自己情況不錯，就看醫生怎麼說了。

在等見醫生的時候，心情最是忐忑不安。是癌？不是癌？上帝，我仍依戀這人生啊！

突然在走廊上看見塔巴拉醫生走過，趕緊叫住他問我的檢驗結果，他乾脆俐落地一句話：“It's negative!” 我歡喜地雙手揮舞了起來。＊

人生，是多麼地美好！

＊左乳下邊疼痛的原因，經細胞檢驗並沒有發現癌細胞，而認爲是受到瘀傷以後的細胞情形。至於這瘀傷是怎麼造成的，我並沒有答案。心中雖然仍不免有幾分擔心，但我寧可欣然接受不是癌細胞的消息。

回想起來，時光飛逝簡直如同夢幻般神速。截至我病發那年（一九九四年初），轉眼間，我在美國竟已待了十七年。那十七年的華府歲月，我幾乎把青春全給了工作，新聞工作，一個迷人的行業。

．
．
．

青春的流逝，我無怨也無悔，因爲走過顚簸，我得到了心智上的成長與歷練。不知是否受到過去讀書環境的影響，對我來說，追求智識似乎才是第一要務，身體健康則只是「形而下」之事。而仗著自己的年輕以及極少生病的記錄，總以爲這個軀體是不會出什麼大問題的。

其實，完全怪罪於自己對工作的投入也是不公平的，因爲我的另一個「最愛」——家庭，也是需要相當的精力去經營和維護的。我從來就堅信，孩子應該自己養、自己帶；雖然辛苦，孩子成長過程的點點滴滴卻是最大的心靈回報。

就這樣，我總是在工作與家庭之間周旋著，時間永遠不夠，卻以爲自己體力永遠用不完，渾然不知會付出健康上的代價。

不知不覺間，人到中年，許多情況是逐漸在改變了。過度地投入，不停地付出，我鑽進了牛角尖似的生活形態；而且，或許佛家所說世俗的貪、嗔、癡種種弱點，也充斥在我這個塵染凡心上。

敲醒我的當頭棒喝，竟是癌症的侵襲。

・　・　・

九四年初，我正爲了試圖採訪CNN總裁泰德・透納（Ted Turner）的計畫而忙著。二月上旬收到他的回信，既驚且喜，他答應了。訪問時間約在三月初。然後，自己就一頭栽進書堆中，忙著做好準備工作。我喜歡寫人物，尤其喜歡探討他們的內心世界。那種不完美卻活生生的人生故事，有著一種「眞實」的感動。透納就是一個絕佳的人選。

那陣子，總是感到疲累，而且是種徹底的累。除了這種特別採訪任務之外，台北中國時報報系（中國時報、工商時報以及中時晚報）各報編輯對我也邀稿不斷，而我總是相信多做多學習的道理，因此也總樂於受命。

然而，「學然後知不足」，你又會繼續不斷努力下去。其實那時，我在華府日常工作之餘，已經寫了兩本書，其間辛苦的過程還真難以盡訴。

多年來，我總慶幸自己能把興趣與工作結合在一起。我喜歡新聞工作的挑戰，也喜歡寫作。苦的是自己不曾受過新聞寫作的專業訓練，而我的經歷也奇特，莫名其妙地考進中國時報，短短一年的記者經驗，就被派到華府來磨練。如何跑華府的新聞以及如何下筆，始終令年輕的我惶恐不已。

但是，我終於克服了那份惶恐，方法就是不斷地去嘗試，直接去做去寫，從經驗中領會、學習。我是那麼地勤於筆耕，生活的重心除了家庭以外，就是不斷地讀寫，而且幾乎是日以繼夜。這世上的新聞是沒有終止的，因而我的題材也沒有盡頭。逐漸地，疲累就如影隨形地貼附著我，而且到了休息也仍止不住那疲累的程度。但我仍然沒有警覺之心。

二月下旬一個晚上，我參加晚宴回家更衣時，突然發現右胸上方（不在乳房上）有一個硬塊凸腫出來，而且有疼痛之感，心中暗暗一驚，是腺體發炎嗎？還是……不可能的，哪有癌症在開始時會痛的？

然而心中不免蒙上一層陰影。

打電話給護士訂約做檢查時，還自我安慰地問她：「如果是癌，應該不會痛吧？」她簡短地回答：「除非是癌症晚期。」

我心爲之一沉！一絲不祥之感隨之而起。然而自己又馬上否定了那個可能。怎麼會呢？平常並沒有什麼跡象，而且多少年來自己連感冒都不大有的。

在美國生活，我早已學會獨立行事，此時我仍單槍匹馬地去看醫生，希望整個事情只是一場虛驚，然後也就不必告訴老公，趕緊再投入日常生活中去就好了。

然而，薇莎醫生 (Dr. Carmen Visus) 檢查我時，神情嚴肅。她的話一字一句敲在我的心頭：「這裡有一個硬塊，這裡也有一個，還有腋下……」

她要我馬上去做超音波乳房X光檢查。

以我的急性子，恨不得馬上就直接去做檢查，然而醫院不可能完全照我的心意立刻排出時間來。我只有等。而等待是一種折磨，使你的心情七轉八折卻又不知所措……

但我不願意讓憂急心焚佔滿我的日子。出於本能吧，我繼續讀書，繼續寫稿。

該來的，總是會來。

檢查過程，除了痛，還是痛。尤其是腫瘤本身已經隱隱作痛的情況下，乳房在高度擠壓下的那種劇痛，我感覺自己幾乎要昏死過去……心中不斷自問：怎麼沒有聽別人說過，超音波是如此疼痛的一種檢查呢？

我也暗自感嘆，何以自己從不曾養成自我檢查的習慣呢？是自己太篤定了，總以爲自己平時既不抽菸又不喝酒，完全沒有不良嗜好，甚至兩個孩子當初也是自己親自餵乳帶大的。書上不是說，母乳不但對孩子好，而且母親也不易患乳癌嗎？

迫不急待地問檢驗師結果，她鐵著臉說：「我不能說，妳必須馬上到妳的主治醫生那兒去，她會告訴妳的！」

我心裡多少有數了，回到家我才告訴老公情況。我說得平鋪直敘，他卻馬上警覺起來，決定立刻陪我去看薇莎醫生。我反而更有不祥的預感。

或許是人們一提到癌，就會聯想起死亡。此時的我就像是要去面臨審判般，坐立不安。但隨即想到女兒馬上就要放學回來了，我寧願等她，等她回來我們好一起去。當然不是要她爲我分憂，而是我已經捨不得離開她了。

面對著我和老公，薇莎醫生神情嚴肅：「檢查結果是癌，但爲了百分之百確定，必須再做細胞穿刺（biopsy）檢查。」

在我耳中迴盪著的只有那句話：「結果是癌！是癌……」

難道這就是對我的人生審判嗎？我還年輕，孩子還小啊！

我轉念又想，或許情況並不太糟，最多就是失去一個乳房吧？如果是那樣，我總還承受得住的。

又想到明天（三月一日）就是該去亞特蘭大訪問泰德．透納的日子，怎麼卻冒出個癌症來打岔？一切都安排好了呀！

「我可以先出差一兩天，回來後再開始治療嗎？」

聽來似乎荒謬。我得了癌症，但張開嘴提出的第一個問題竟是可不可以出差。

薇莎醫生倒也相當體諒，表示原則上越快展開治療越好，但如果只是一兩天應無大礙。老公嚴肅地問了不少問題後，我要他先出去看看等候著的女兒。然後我才問薇莎醫生：「我的病情會致死嗎？」

一心想只要聽到她說一句「噢，不會的！」我就可放下心來，坦然去面對一切了。我總是喜歡在「確定情況」中去行事、計畫。

她竟沒有這麼回答。

我用驚異的眼神看著她支吾地說著一番委婉的話，卻什麼都沒聽進去，除了那一句：「有可能是 fatal（致命的）！」

“fatal”這個字無情地敲打在我心上，一時間我軟弱得幾乎虛脫。我可能會死！可能會死？耳邊傳來薇莎溫柔的聲音：「我了解妳的心情，或許妳想獨處一下，想哭就哭吧！」

她輕輕關上門出去了。我感到全然的無助，又想到老公和女兒在外面等著，卻沒有力氣走出去。我無法置信地想著：原來我的情況已經那麼嚴重了！我眞的會死於乳癌嗎？孩子怎麼辦？我怎麼捨得留下他們呢？我自己又撐得下去嗎？

淚水在眼眶中打轉，但我不能容許自己難過下去，害怕自己一哭就無法收拾。匆匆擦乾眼睛，我急於回到女兒身邊。

「媽，妳怎麼哭了？」女兒關心地望著我。

「嗯，因爲檢查弄得很痛，現在沒事了！」我看到老公哀戚的眼神。

像是要安慰我，女兒遞給我一個 fortunecookie（幸運餅）。我機械式地打開來，裡面竟出現兩張籤紙。一張是：「你從不遲疑去處理最艱難的問題。」（You do not hesitate to tackle the most difficult problem.）另一張則寫道：「你最大的願望將會實現！」（Your dearest wish shall come true!）

我舒了一口氣，隱隱地覺察到一絲希望。莫非這是上帝經由女兒傳給我的訊息？

回到家，我打起精神來繼續工作。紛亂憂急的心情，竟在寫作中漸漸地穩定下來。

自己也難以想像，我竟帶著癌症的疼痛出差飛到亞特蘭大去了。不是爲了什麼崇高的理由，只是覺得是一份責任。心中也不免自問：這會是我最後一次的採訪任務嗎？

來勢洶洶，會蔓延的癌

在亞城旅館，打電話回家。每次出差，心中對兩個孩子總是依依。他們是我心中永遠的牽情，美好的牽情。

沒想到女兒一接到電話就哭了起來：「媽！我已經知道了！爸爸告訴我們了！媽，我對上帝禱告，對祂說妳是這麼一個好女人，請祂一定要保佑妳……」她邊哭邊說，是那種惶恐加上痛苦的嗚咽。想到她才九歲，就要承受失去媽媽的恐懼，我心爲之撕扯開來！

霎那間，我的武裝爲之潰散，淚如泉湧，哽咽著安慰她：「媽不會有問題的，妳儘管放心！」

「媽，我心裡好害怕，好難過啊！妳又不在我身邊，我怎麼睡得著呢？我需要有人跟我談話，談癌症到底是怎麼回事……」她哭著說。

我想緊緊地摟住她，好好安慰她，要她不要怕。但我觸摸不到她，我只有跟著哭了起來。老公接過話筒，我泣不成聲地要他答應陪著女兒，安慰她直到她入睡。

「妳放心，我會陪著她的，別這麼難過啊！要堅強起來，明天還有採訪工作。」老公提醒著我。

掛下電話，我走到窗前，看著亞特蘭大的夜空，任天上的星星陪著我流淚……不知過了多久，我回到書桌前，為明天的工作做準備。

・・・

訪問泰德・透納的確是一次特殊經驗。事前的緊張與不安，以及身體的虛弱感，竟在他出現後的熱絡態度下一掃而光。直覺告訴我，我們頗有緣的。他熱切地與我談話，好像忘了我是一名記者。

他的秘書事前一再表示，他太忙，只能給我二十分鐘。透納本人卻十分健談，大概對我這個中國女記者也有幾分好奇。從我，他想到自己過去的中國女友，又談到他的幾段婚姻。我雖然也有興趣，卻因顧慮時間，只好對他說：「其實，你的羅曼史我已研究得相當清楚了。我怕時間不夠，是不是我們也談些別的？」

他這才打住聊天的方式，針對我準備好的問題，一一答覆。由於事前聽聞任何訪問不能問他有關自殺的問題，而且這實在已涉及他個人極爲隱私的層面了，那留在我心中對生死的疑惑，畢竟沒有問出口。

透納多年來總面臨著死亡的陰影，因爲他遺傳了父親的「精神抑鬱瘋狂症」，當年他父親舉槍自殺也對他產生很大的影響。據說他甚至在自己抽屜中也放把槍，自殺傾向相當明顯。所幸新藥的發明問市，才改變了他的後半生。

如今的他，對工作依然投入，在感情上也終於穩定下來，娶了名女人珍芳達，變得愛家，愛人類，儼然十足的世界公民。

那次訪問長達一個多小時。走出ＣＮＮ大樓，我幾乎虛脫地走不動，不知是太累還是挑戰之後的釋然，心頭則沉痛著。

・　・　・

回到華府第二天，老公就帶我去醫院做細胞穿刺檢驗。我想到「穿刺」兩個字就已不寒而慄，偏偏這個手續又不打麻藥，我也只有硬起頭皮來面對。

當針管捅進腫瘤時，我痛得幾乎昏過去。一針還不夠，因爲我有兩個腫瘤。所幸腋下淋巴部位的第三個腫瘤太深，省下一針。一陣折騰以後，我已全身顫抖不已……

結果證明仍然是癌，而且是那種「來勢洶洶會蔓延的癌」(invasive type of cancer)，贊加里烏斯醫生 (Dr. Tsangarius) 神情凝重地這樣說明著。照他推斷，我的病情已是第三期了。

癌症第三期！天啊！再差一點就是無法治療的末期了！

天地在突然之間，就這樣黯淡下來。

我已被正式判了刑。是不是死罪，還不確知，感覺上卻已被丟到了地獄裡。我的世界一下子變得又黑又冷，我突然失去了能力與願力去面對一切。

我像一位盲人，不知所措地抓住一個倚靠，而老公的臂膀就是我的指引。我惶惶然地，機械式地行動著，他緊緊挽著我的手臂，一邊牽引著我走出醫院，一邊給我打氣，把我從茫然一片中又拉回現實。但我無法思想，我已毫無頭緒，我在心中自問，我該怎麼辦啊？

在回程上，看著外界依然生氣勃勃地活動著，自己竟有種不可思議的感受。老公一步步地安排著，而下一步則是去看腫瘤醫生（也就是癌症醫生），由他決定如何治療的程序——是先給我動手術還是進行化學治療，都有可能。

我的醫療保險是在喬治・華盛頓大學的醫院。雖然我因病心情極壞，卻也注意到他們的制度和醫生素質相當不錯。對每位癌症病患，他們等於是有一組醫生來共同治療，而且每位都極爲專業與和善。

醫院的癌症中心在三樓。病人先在櫃檯登記，然後就可以到旁邊相當寬敞的接待室去等著。沙發旁邊有各種書報，牆角還有電視。然而在這裡等候的癌症病人似乎大多跟我一樣，沒有心情做任何事，只是憂心與無奈地等著。

不一會兒，護士會叫到你的名字，於是你就被帶到第一個房間去進行抽血、量血壓和秤體重等例行事項。

接著就可以再到裡面的診療室去見醫生了。診療室有五、六間，供幾位腫瘤醫生及一位骨髓醫生使用。他們設備齊全，在醫生見你之時，你的血液的各種指數結果已經化驗出來，而且已經出現在閉路電視上。有了血液變化的重要指標，對醫生立刻掌握病情是很有幫助的。

如果某個部門的醫生需要病人做其他檢驗，他會馬上告訴護士幫你訂好時間，屆時你再去另一個部門，而你的病歷也自然會出現在那裡。

我個人看過的醫生不下六、七位，但經常固定看我的醫生則有三位——腫瘤醫生柯漢（Dr. Philip Cohen）、乳癌手術醫生贊加里烏斯（他是希臘人），以及骨髓移植醫生塔巴拉。他們對我的情況總是相互協調諮商，我對他們也蠻有信心的。

在等待見腫瘤醫生的日子裡，我逼著自己暫時拋開一切，埋頭著手撰寫關於泰德·透納的專題報導。我連續寫了三天，完成一個包括四篇的特刊。（編註：本書末的附錄，取用了這四篇中的兩篇。）寫完後，在日記上有這麼一句話：「累極，不知是否會影響癌細胞的擴散呢！」

・・・

平常，總覺是我照顧家人較多。我不但對工作投入，對家庭也沒有輕忽。我自覺是個現代女性，努力地兼顧工作與家庭，而且堪稱勝任愉快，並沒有什麼怨言。畢竟，這是自己的選擇。

如今這病可是來勢洶洶，整個打亂了我們的生活秩序。老公毅然放下一切，先得扮演給我打氣的角色，然後挑下家務所有的擔子。

我已自身難保，沉默地倒了下來。

躺在床上，我好似活在一種不眞實的情況中，心頭只是沉重和對未知的恐懼。太沉重了，竟然哭不出來。面對著要展開的生命之戰，我幾乎已經先豎起白旗，認輸了。

老公見我如此消沉，一再試圖鼓勵我，我卻好似萬念俱灰。他一再對我說：「看在孩子份上，妳要振作起來打這一仗啊！」提到孩子，我就流淚了。

我畢竟是軟弱的。我承認。

那一段寒風颼颼的日子裡，老公帶著我天天跑醫院，進行一系列的體檢，看看癌細胞是否已擴散到其他器官。

灰濛濛的天空，灰濛濛的醫院建築物，還有一顆灰黯沉重的心。

我也惶恐，擔心如果癌已經擴散，自己將如何承受得了。我心中暗禱，祈求上帝讓我的病情單純化。僅僅是乳癌第三期，我已經感到不勝負荷了。

依然記得去做骨骼檢查時，得先打針把一些液體注入體內，兩小時後照骨骼掃描，再打針抽血。想到要打兩針已夠難過，偏偏碰到一位男性護理員，而他拿著針管的手一直在發抖。我心裡七上八下：他是緊張、沒經驗，還是有什麼問題呢？

我想開口，卻問不出來。眼看著他爲我扎針的手抖得那麼厲害，我的心也跟著翻騰起來：天啊！我受的折磨還不夠嗎？

一打完針，我出來就向老公抱怨，剛好見到一位華人醫護人員走過，馬上抓住他問是怎麼回事。他好心解釋道：「喔，他呀，他有癲癇症，平時不大抖的。怎麼，今天他抖得厲害嗎？」

我幾乎是用吼的：「如果他有這毛病，怎麼還讓他給病人打針呢!?」

他馬上好心地安慰我說，待會兒再打針時，就由他來幫我打好了，我那忐忑不安的心才稍微穩定下來。我告訴自己：我不是歧視他，實在是我已沒有能耐包容他的顫抖了。

一關關的檢查，也是一關關的煎熬，身體上的辛苦已不好消受（比如喝石灰水照腹腔時的反胃），心裡的惴惴不安更是磨人。

老公的態度畢竟比我積極正面得多。他一方面爲我買了有關乳癌方面的書，另一方面又爲我打聽有關「乳癌病友會」的情形。但我一時並沒有興致去參加任何活動。

待在家裡，我試著看看書，拿起那本暢銷書《我乳房的故事》(*My Breast Story*)，作者剛巧也是一位女記者華德樂（Joyce Wadler，華盛頓郵報）。我一心想從她的切身經驗得到鼓舞和安慰，那是我此刻最需要的一種支持和力量了，因爲她活了下來，她可以告訴我乳癌是並不可怕的。

然而，我失望了。

不是她寫得不好，而是她的病情實在相當輕微，只需動個小手術就可痊癒了。雖然那初期的癌症仍打亂了她整個世界，但在我看來，她其實不知道自己有多幸運，才有心情耗費那麼多的筆墨，描寫自己爲了怎麼穿露胸禮服而煩惱！

倒是在感情生活方面，她的心智因這一病而終於成熟起來，不再需要依靠那種不負責任的男人，而能重新面對獨自生活的挑戰了。能有這樣的體會，這場病痛或許也不算枉費了。

可以說，這本小書給我印象最深刻的就是一項知識：一塊小小的腫瘤就已經聚集了十億個癌細胞！十億個，我的身體裡有多少個十億癌細胞呢？究竟它們會把我打倒呢？還是我有能力打倒它們？

我毫無把握。

再細讀醫院提供的資訊和書籍，又有幾項嚇人的統計數字跳入我眼中：

——乳癌第三期的病人只有百分之四十的存活率。

——美國人口中，每九個成年婦女中就有一個患有乳癌。

——美國平均每年死於乳癌的人數——四萬六千，要比死於愛滋病的還多。

我的心情更加沉重和恐懼了。我在心中自問：我活得下來嗎？我會成爲那四萬六千個死亡人口之一嗎？四萬六千人，是很可觀的數字啊！

我繼續找書看，心裡焦急地尋找著，發現書架上有一本新出不久的譯作

——《細胞轉型》（*The Transformed Cell: Unlocking the Mystries of Cancer*）。或許因為作者是位研究癌症治療的醫生，我開始閱讀起來。

這本書讓我產生了共鳴，讓我逐漸走進一位嘗到無數挫折的醫生的心路歷程中去。這位醫生的那份眞誠感動了我。

這位醫生是世界頂尖級的癌症專家羅森伯（Dr. Steven Rosenberg）。早在三十四歲時，他就已擔任美國國家癌症研究所的外科主任，領導幾十位一流的科學家與醫生進行研究與臨床實驗。一九八五年，他曾身為雷根總統的癌症手術小組成員；到九一年，他又將揷入外來基因的轉型細胞成功地植入人體，為史上第一人。

在這書中的字裡行間，可以看到他那悲天憫人的心懷，支持著他不斷實驗細胞轉型的治癌方法。我看到多少病人願意配合他進行臨床實驗，也看到他承載了多少病人及病患家屬的期望和付託。

他大膽地推理，用實驗鼠來驗證；即使成功，還得在病患身上實驗才算數。一個個癌症末期病人那麼「視死如歸」地把生命交給他，有人多活了一些時日，有人則仍然無法救回來。每一次臨床實驗，都讓這位主治醫生的內心備受煎熬。

他似乎把這一切壓力轉化爲力量了，不斷地繼續研究、思考。「最終而言，當你做研究時，你畢竟還是孤獨的，只有工作和思想陪伴著你。」作者這麼寫道。

我默默地回應：「那也是一種幸福呢！因爲面臨生死掙扎或病重絕望時，那才是徹底的孤絕啊！你只有自己去面對，沒有人能眞正幫你面對……」

我一章章地讀下去，又是煎熬，又是企盼。我渴望看到他實驗終於成功，讓我們患有癌症的人有一線希望；但又怕讀到那些觸目驚心，接受實驗而仍被癌症打敗的死亡病例……

我讀到一名女性病患臨終時，她先生請醫生、護士都離開病房，拿出梳子爲她整理頭髮（想必已相當稀少了），又爲她彈了一小時的吉他，兩人就這樣天人永隔……

我的淚水大顆大顆滴在書上。

・　・　・

所幸，檢查結果並沒有發現癌細胞已擴散到其他器官。我不禁感謝上帝，也大大地鬆了口氣。至少，以後可以專門針對乳癌展開療程了。

我的腫瘤醫生柯漢認爲我病況嚴重，已到癌症第三期，而且癌細胞又是那種會蔓延的性質，因此主張扭轉傳統療法，不先進行切除手術，而是先給我做強力的化學治療，目的是希望先行縮小腫瘤以及防止癌的擴散。

但是他也說明，每個病人的癌症情況都不一樣，而且每個病人對化療的反應程度也不同，療效究竟如何，只有做了以後才會知道。

後來我自己才從醫學書籍上發現，多半是因爲病患的癌細胞具有「侵略性」，才先做化學治療而非動割除手術，雖然在法國先做化療然後才開刀是常見的做法，但這程序在美國並不普遍。

我對化療一無所知，突然要面對也是心慌不已，一時之間只想出一個問題來：「化療是不是會變成光頭的那種治療？」

「是的，不過將來頭髮還是會長回來的。」柯漢醫生這樣安慰著。然而，想到自己將要掉光頭髮，仍不免驚心。

從進入大學，就留起清湯掛麵式的長髮，那以後從沒變過髮型。久而久之，長髮也就成爲我的註冊商標。

出國前，報社老長官特別叮嚀，要我保持長髮。在華府，也有美國官員「警告」我不可改變髮型。

眞正最愛我那一頭長髮的，其實是我兒米嵐。從他還在我懷裡時，小手就會玩媽媽的長髮，像是他的「繞指柔」。

這次我得病，米嵐聽到我的頭髮將會掉光時，難過地眼睛閃著淚光。我也馬上安慰他「還會長回來的」，他才如釋重負地鬆了口氣。

老公帶我去到美髮院時，我平靜地在心中與自己的長髮告別，心中想著的正是兒子的要求——希望保留媽媽的長髮。

雖然我還沒開始做化療，但是老公認爲如果等到化療以後再任其掉髮，一定很難收拾，不如先去剪短，剪下的長髮還可保留完整，掉髮時也會少些麻煩。

面對著鏡中自己的一頭短髮，第一個感覺竟是還蠻時髦的。只是心境還沒調整過來，一頂頂假髮就往我頭上試了。這一試，心情就眞正低落下去了。我一向崇尚自然，如今這一頂頂的假髮怎麼試都不自然。美髮師和老公努力說服我，我也只有黯然接受。

朋友曉慧聽說我對假髮的不自然十分懊惱，竟把她在台北買的一頂假髮送來給我。不知是台灣的工夫比較高明還是我的偏見，我感覺她那頂假髮自然多了。

如今已是外交官夫人的老同學鄭麗園也大方地要借我她的假髮（我從來不知道在台北，婦女用假髮竟還相當普遍）。我這才知道，台灣的假髮還眞是貨眞價實，比起美國製的要顯得自然，又比較便宜。

化療與心的力量

眞正開始做化療，心境上又是一重轉折。

走進醫院癌症中心診療室，才知裡面別有天地。一個大房間裡已經有幾個人半躺半臥地在打著點滴。心想，這就是在接受化學治療了，似乎沒什麼可害怕的。

護士很溫和地向我們解釋，我才知道自己的病況需要三種藥量相當強的化學液體——Cytoxan、Adriamycin、5 Fluorouracil（醫學上簡稱ＣＡＦ，有別於另一種組合ＣＭＦ——多半是用於年長的乳癌病患），其中那袋紅色液體就是會讓人掉頭髮的 Adriamycin。看著那飽滿的四袋液體（另一袋則是減輕嘔吐的藥水）一點一滴從我的手膀流進我的身體，我緊張得好像呼吸都不順暢起來了。

我知道，它們將進入我身體去殺癌細胞，而且可能救我一命。但是，同時，我知道，身體裡的好細胞也會受到傷害，而且我很快就可能出現身體不適的反應。

最明顯的就是反胃和嘔吐。所幸三年前發明了一種新藥 Zofran，可以減輕嘔吐現象。因此護士一直爲我慶幸，說我不必受大罪：「有的病人曾經連吐數小時之久，連膽汁都要吐出來呢！」

然而，化療的後遺症不止於此。除了反胃以外，全身都變得虛弱難受，更沒有食慾。

日子是一色的單調，黑色的。突然間，自己的世界靜止了，而別人的忙碌、紛爭、快樂或歡笑，都與自己毫不相干了。

在極度虛弱中，我想到死亡的問題。死亡從來沒有如此貼近過自己。

在黑暗中，一張張的傳眞問候開始送到我床前。台北報社同仁一句句眞誠的關懷躍然紙上，我猶如即將陷溺的人緊緊抓住這些友誼的手。

華府好友林中斌相信「另類療法」(the alternative medicine)。我稍事了解後，猜想應該類似東方傳統中的自然療法。他幾次勸我不要做化療，認爲化療等於是以毒攻毒，太傷身體了，不妨去嘗試自然療法，以新鮮空氣、新鮮蔬果和正常作息來改變體質。

這還包括運用心靈的一種療法，以心靈的積極力量和正面想法去打敗病魔。

他說得那麼動聽輕鬆，我卻格外徬徨起來。我該放棄西醫嗎？我是否眞的該遠征到墨西哥去接受自然療法？

我心深處，其實是不排斥自然療法的，而且也相信眞有治癒的實例。然而以我如今已到癌症第三期的病況，貿然離家去找自然療法的環境（在美國還未正規化）又覺得很不可思議。

老公爲此也請教了幾位醫生朋友，最後決定還是選擇西式治療，原因是我的腫瘤已到第三期，在時效上恐怕已不容拖延；東方療法通常較緩和，也需要較長的時間，而我可能並沒有時間拖下去了。

才做完一次化療，就身心虛弱地躺在家裡，兀自神傷。有時感覺饑餓，卻沒有胃口進食；勉強吞下，又覺反胃。

望著窗外，即使出現了陽光，於我卻只是蒼涼。躺在床上，好像是在等待死亡似的，了無生趣。

中斌兄來信開導我，特別提到「心的力量」。尤其那句「生的勇氣，來自對死的看開與面對」，讓我在渾渾噩噩中頗有「頓悟」之感。那陣子在心中對東西療法的抉擇，以及在潛意識中對死亡陰影的掙扎，因著他這句話而得以釋然似的，我獨自哭了起來。

我知道自己必須振作起來。

我想到中斌兄提到的心靈力量，我需要一些指引。於是我開始埋首於西方的宗教與東方的佛理書籍中。我慢慢地摸索著，體會著，冥冥中總感覺東西方的理念實際上是並不衝突抵觸的，而且如果從靈魂的觀點去看，則人的精神層面應該是「不死」的。（這方面，容我稍後再詳述。）

中斌兄又爲我介紹了一位曾經以自然療法克服了血癌的女同事希薇雅(Sylvia)。她主動打電話給我鼓勵，而且借給我一套「美國公共電視台」製作的三輯錄影帶「心靈治療」(*The Heart of Healing*)。

一個個眞實的癌症故事開始出現在我眼前，一個個病患經由不同的心靈力量擊敗了癌症；有的聽來似乎不可思議，有的在醫學上還無法解釋。其中，當然有經由信仰的力量而痊癒的故事，然而與宗教無關的心靈力量也有鮮活的實例。

比如一位得到肺癌的婦女，在醫生宣稱已無能爲力時，選擇回到女兒家中住。

不過，她並沒有喪失鬥志。相反的，她拿起孫子的電動玩具「小精靈」（PacMan）來玩，把螢光幕上那個「小精靈」張嘴吃東西的動作，設想為自己身體裡的好細胞在吃掉癌細胞。她每天都這樣「玩」一段時間，儘量假想著體內的癌細胞正在被吞食、消滅。沒想到兩個月以後再去看醫生時，醫生大吃一驚，因為照出來的X光片顯示她的癌已大為縮小！

「妳做了什麼啊？」醫生無法置信地問她。她很不好意思地說：「沒有做什麼，我只是一直玩小精靈，假想它在幫我消滅癌細胞而已！」

老友郝明義電傳來「打坐」療法，告訴我那是一種心心念念洗滌身心的用力。他要我開始打坐，然後閉上眼睛，心念則集中在腦門頂中央，設想從那兒有一股清泉慢慢流向我的癌症患部。我就照著去做，用我的意念去清洗我的乳癌患部。這方法不正與「小精靈」的例子異曲同功嗎？我相信這是一種療心也療身的心靈力量。

還有一個例子，或許主角是日本人的緣故，我的印象也特別深刻。這名中年人是位業務主管，成天早出晚歸，有開不完的會、做不完的決定，身體則是越來越疲乏，直到有一天終於病倒。醫生告訴他患了肝癌，而且已經沒有希望了。

這個打擊讓他震驚無比，但是在家休養期間，他開始全盤檢討自己的生活方式，而認定癌症是他自己造成的，並且產生一套奇特的想法：「我既然造成了癌細胞，就要好好與它共同生活下去。」

他開始改變自己的生活方式。最顯著的變化就是每天清晨五、六點起床，然後到院子面對太陽東昇的方向打太極拳。另外，他拾起了放棄多年的小提琴，每天傍晚拉起琴來。

結果，他的痊癒也同樣讓醫生大吃一驚。

我雖然對他「願與癌共存」的想法感到幾分不解，但在畫面上看到那迎著朝陽緩緩運氣的身影，以及他拉琴時沉醉在音樂中的神情，就不免心領神會地感動起來。

我相信他積極正面的心念，以及對身體與心靈的積極照顧，確實產生了克服癌的最佳功效。

於是，我在病身上，用的是西式醫療法，而在心靈上，我則擁抱了心療法。

・・・

第一次做化療是在一九九四年三月中旬，過程長達三、四個小時。心裡當然期望著它會對我產生作用，把癌細胞消滅掉。但是才回到家，身體就已感到不適，總有嘔吐之感，加上一種對「未知」的恐懼，心情極爲低落。

回家路上，看到春天的氣息初綻，點點綠意映現一股新生的氣象，卻喚不回我對生活的愛戀。我的心境已是「春方始卻已悲秋」了。

老公知道化療在我身體中殺癌細胞的同時，也將對我的好細胞「殺無赦」，而使我的體力受到嚴重損害，因此堅持我要好好進食，吸收養分，補充體力，來好好打這一仗。

道理是不錯，無奈我毫無胃口，何況還總想嘔吐，眞個是食不下嚥，往往吃到一半我就流淚了，顧到孩子的感覺，匆匆離開餐桌躲到一旁飲泣，只覺心裡好苦。

接著兩三天，化療在發揮功效，我的精神和體力也越來越差。我整天躺著，好似活在一個黑暗的隧道中，看不到一絲光明。自己莫非就要這樣從天明躺到天黑？那將會是多麼痛苦的精神折磨！所幸許多朋友藉著傳眞或電話，把關懷捎來，我冰冷的世界裡才逐漸有了暖意。

有天夜裡，發覺自己在夢中掙扎，最後總算掙出一條路來，淸醒後突然發現自己其實是可以翻身的。原來做了化療以後，我自己過於驚嚇，竟陷於一種癱瘓狀態，躺在床上連翻動都不敢，無形中陷於自設的身心障礙中。這場夢幫我解脫了那層「心困」。

次日，女兒在學校突然感到不舒服，打電話回家，我這才從自己悲哀的麻木中驚醒過來，堅持要和老公一起去接女兒看醫生。爲了女兒，我撐著起來；也是女兒的呼喚，驚醒了那個只顧著自己而疏忽了孩子的母親。

出了家門，才知自己體力的虛弱。大概「弱不禁風」就是這樣吧。所幸女兒只是得了感冒。醫生開了藥方，我們就一起去超級市場買藥。同時我也感覺很餓，就順道在超市吃了點水果充饑。走出自己陰暗孤獨的天地，再度踏進現實的世界裡，聲光色彩又浮上眼前，心情竟多少開朗了一些。我似乎領略到，整天躺在家裡胡思亂想反而徒增苦痛，或許該振作起來，盡量試著過正常的生活吧！

那天起，我就試著開始工作，主動恢復爲報社寫稿，包括在工商時報上的每週專欄「華府風雲」，以及爲中國時報撰寫的一些專題報導。當我專心沉潛於寫作，一份踏實感逐漸取代了原來的虛無感，我心中的憂懼和身體的不適也隨之減輕。

那晚，在日記上有這麼一段話：「感謝上帝，如今我終於能與恐懼說再見了——雖然還未全然無懼，但我想自己是走上正途了。」

寫作，就這樣成爲一種自我治療。

・　・　・

第一次化療之後，幾乎沒有明顯掉頭髮的感覺，心中一度還奢想或許自己能逃過此劫。但每隔一天去醫院檢驗血液時，護士總是肯定地回答我：「一定會掉的！躲不了的！」

第一次化療過了大約兩週左右，我發覺自己的腫瘤似乎縮小了——我的腫瘤直徑原來有八公分之長（在美國這兒，超過四公分就算是嚴重的病例了），可以想見腫塊之大，如今我卻發現腫塊明顯地縮小了！霎那間，心中一陣狂喜，莫非是化療發生作用了？繼之，又擔心這是自己渴望太強而產生的「錯覺」。第二天，我忙不迭地把這發現告訴醫生，他檢查時也露出驚喜的神情，直說：「妳很幸運，妳的腫瘤的確對化療出現了反應，明顯地縮小了。這眞是太好了！」我心中激盪著一種複雜的情緒，除了感謝上帝以外，好似也有幾分悲喜交集。

這多少穩住我一顆忐忑不安的心，可以比較安心地繼續接受治療。一種樂觀的奢望不禁油然興起：我的腫瘤會不會就此一直縮小下去，直至完全消失？或許我不必做那麼多次化療？甚至我說不定連手術都不必動了？

都不是。柯漢醫生把我從奢想中拉回現實。他告訴我，腫瘤應只會縮小到一個程度，不會整個消失。而且，他也不認爲我可以縮短療程。相反的，他仍認爲我該做足六次（醫學上都是說六個 cycle）化療才行，穩紮穩打，「我們永遠無法確定癌細胞的行蹤，我們必須做得盡量周全」。

柯漢醫生對我的情況確實也絲毫不放鬆，每隔一兩天就須驗一次血，因爲化療會打垮我不少白血球，使白血球指數降低，但如果太低，免疫能力就告危急，化療也將無法再做下去。

起初，我的白血球下降時，他還開藥給我來加強抵抗力。但到後來，指數降到危險點時，他就規定我要藉打針來提高了。

從小就怕打針的我，如今卻成天要與針管爲伍，而我左手膀上的血管也因爲化療的殺傷力而受到破壞，越到後來，護士越不容易找到血管扎針；即使扎進去了，往往也沒有血出來。到後來，根本的解決辦法是轉移陣地，開始扎手背上的細血管。自此，我的左手總是經常有一塊塊青紫色的瘀傷。

三月底，我的赫本頭髮型終於保不住了，只要用手一抹，頭髮就像失根似的稻草順勢脫落。尤其是淋浴時，一撮撮的黑髮被水沖下來，頗爲觸目驚心。淚水混合著淋浴的水，我哀悼地清理著滿地的黑髮。

三月二十九日的日記上寫道：「我開始明顯地掉頭髮了！……昨晚夢回台北，而且是又回到小時候眷村的陋屋，我一直在找媽媽和二姊，卻看不到她們的人影。我在想家人了！」

四月上旬第二次做化療以後，我的白血球已經損傷慘重，需要每天靠打針來提升指數。而我的抵抗力也更形衰弱，連日常最起碼的一個小活動，對我而言都變成一件沈重的「任務」。我常對著客廳裡的花卉盆景觀看，喜歡看到花苞待放，也欣喜於見到花枝上的新綠，但是，那時的體力，竟連澆花都是件「大事」。

我開始想重新調整自己的生活，我不願每天這樣虛弱地承受著一種「難以承受的輕」。那種虛無感是我很不習慣的一種情況。

也不知是出於一時興起，還是出於心中潛藏多年的願望，我毅然決定要設法去學陶藝。

體力稍好時，我慢慢開車到社區的圖書館去借資料。經過一番仔細的尋尋覓覓，終於在住家不遠的一個「老人中心」（senior center）找到適合自己時間表的陶藝課（主要是不能與化療的時間相抵觸）。

沒想到，一走進那個陶藝天地，就不想出來了。

冥冥中，我感覺是該照顧自己心靈的時候了。在日記上我自問：「我曾經是那麼地渴望眞善美，然而，曾幾何時，卻把一切給了工作和家庭。娛樂，對我來說早已成了奢侈；責任，則成了生活的重心；我只是不斷地投入，不斷地付出著……那個眞正的我呢？」

那是一個「重新審視自我」過程的開始。

二姊寄給我雷久南醫生的資料，以前的一位同事兼學長陳裕如兄也給我寄書來，其中一本正是雷久南醫生的《身心靈整體健康》。雷醫生的著作，我眞是邊讀邊悟——或許也是邊讀邊悔：原來多年來我是太輕忽身體、情緒以及心靈上的照顧了。

我總是把自己的生活排得很滿，視之爲高效率的運用時間，也總是把自我要求的標準訂得很高。同時，我律己甚嚴，卻不吝對家人與朋友付出愛心與熱誠。這是個性使然，我也不悔，但我的敏感卻總容易讓自己的內心受傷。

久而久之，我的生活形態似乎走進了一個牛角尖，一方面勞心又勞力，苦於塵俗的貪嗔癡，另一方面卻沒有注意心靈與身體也需要照顧和保健。

雷久南這位受過純西醫訓練的女醫生（麻省理工學院博士，又在德州大學癌症中心工作了十年），卻能融貫東西，發展出一套中學爲體，西學爲用的養生觀，讓我讀了豁然開朗。

她相信人的病痛源頭，並非現代「醫藥」所可根治的，而必須從身（飲食）、心（情緒）、靈（靈性）三大方向的徹底反省去尋求解決。

她強調「飲食之道，自然爲要」，生食蔬菜水果最是健康。她也直指「癌症與心情有密切關係」，因此主張「身心放鬆乃無上妙方」。在心靈方面，她強調「誠心懺悔以消業障」。

這些道理其實並不深奧難懂，卻蘊涵著可貴的人生智慧。但我發現在實際生活上，要確實做到卻不是容易的事。

就以飲食方面來說吧，眞正對身體有益的食物不是大魚大肉，而是蔬菜水果；不是精米精糖，而是糙米粗糖；更不是可樂甜點，而是潔淨的水就好。然而，物質生活的「進步」，卻讓我們越吃越精，有時甚至到了捨本逐末的程度。

同樣的，現代人生活步調的緊湊與壓力，也一定需要適量的運動與休閒來調劑才行；而看電視還不如到室外散步，耽溺酒色當然也不如回歸自然……

至於人的軟弱與空虛，也唯有找到心靈上的所屬才會得到平安和喜樂。

「返璞歸眞」（Return to the basic），就是如此簡單，卻又蘊涵了多少智慧！

神交：感悟到虛心與謙卑

儘管自己好像能夠「破繭而出」，試著恢復工作了，但是一次一次化療對身體的斲傷也日益明顯。

四月底，做第三次化療時，住在西岸的哥哥和遠在台北的二姊相繼飛來陪我，令我心情格外的好，胃口也開了，連自己都感到驚喜。然而，儘管我精神上很開心，體力上卻負荷不了。家人難得相聚，休息自然打了折扣，再加上化療的威力，到第三天我還是倒下了，不但咳嗽不止而且發起高燒來，只有趕快去向醫生求助。

就在這時，一位不曾謀面的在中國時報紐約辦事處的同事袁海華出現在我家。她眞誠地向我傳福音，告訴我：「生命的主權在神，祂不會使試煉超過所能承擔的。」

我聽著她陳述自己承受的苦，看到她完全能夠倚靠禱告，和主溝通，而展現出一種平安與喜悅的態度，心裡覺得眞是難得。

海華自己身體不好，婚姻也出了問題，但她完完全全地倚靠主。她深信「禱告的力量」，也明白禱告「並非只是向神要什麼，禱告遠比這更崇高，更美好。最深刻的禱告乃是與神相交，等候祂的旨意，把自己的生命交託給祂」。

她對主絲毫沒有懷疑，她只是信。

想到她內心可謂傷痕累累，卻還能保持一種平靜和喜悅，尤其是知道她從當年曾頑強抗拒信主，到如今深信的轉折心路歷程時，我體會到了信仰的神奇與力量。

海華帶給我兩本書，一本是名佈道家葛理翰（Bill Graham）的《浩劫前夕》，另一本則是《天籟之聲》，由許多科學家談自己認識主的經驗。後面這本書我特別喜歡。以前就曾聽說科學家窮一生之力研究宇宙，到了終極卻不得不承認有個造物主存在。如今我從書中看到一些篤信科學實證的高級知識分子內心深處的思索甚至掙扎，看到他們最後終於相信萬物由上帝所造，並體會到造化那種「極至的均衡之美」，不免爲之動容。

人極其渺小，卻總心高志大，自認爲可以控制宇宙一切！

我自忖，在這方面，我是倔強的。多年來，我對信仰總是「若即若離」，雖然始終相信冥冥中萬物必有一主宰，但憑著一份自信和獨立，卻不曾「放下身段」去眞正接近祂過。

然而，回顧過往，我心裡卻有了一種了悟：主曾經兩度有心接納我，讓兩位虔誠的教友出現在我軟弱無助的時候，一次是惠英姊主動給我開導，另一次則是美國記者朋友艾克曼（David Aikman）邀我參與基督徒新聞記者團契。這兩次，我雖未排拒，但也沒有全心接納。

如今，海華的出現，我感覺是主第三度派了使者來渡我。祂，無聲無形，卻終於讓我知道祂從未拋棄我。經書上說，信仰並不是靠理智去分析或是藉科學去證明的，它是一種信心和心靈的感受。

是否也有人和我一樣，總以爲憑著一份世俗的自信和努力就能夠主掌人生的一切？是否，也有人會笑我：妳還不是因爲患了大病，才讓主趁虛而入的！

然而，這對我已不關緊要。我原本就相信有主。如今的我，則從心底更感悟到一種「虛心」與「謙卑」，於是而且也開始與主溝通起來，而禱告就是我與主的對話。

「主啊，請您接納我，指引我。我願傾聽，我願順服您的旨意……」

我相信，在這塵世走上一回，凡事是有上帝的「旨意」的。

我再度拾起聖經。書中那許許多多的箴言，於今是更加剔透了。

我又回想到自己曾經與主「擦身而過」的奇妙經歷，時光倒流，那是十多年前的事了。

一九八〇年初的以色列之旅，我和外子來到宗教聖地耶路撒冷，走在千年的石板路上。無論是耶穌揹著十字架受苦走過的那段路，或是審判祂的廣場，使得聖經上那段憂傷的故事似乎就在眼前浮現起來。

然而走向大教堂（Holy Sepulcher，意即埋葬耶穌之地）時那種朝聖的心情卻很快地就被破壞了，因爲那樣一個莊嚴神聖的地方，竟處處是做生意的商人和攤販。兜售與叫賣的商業化粗俗氣息，只令人感到是對神的褻瀆。

外子的信仰是東正教（Eastern Orthodox），也就是俄羅斯等斯拉夫民族的宗教（與猶太教 Jewish Orthodox 完全無關）。我尊重他的信仰，自己卻從來沒有深入涉獵過任何宗教。結婚以後倒是與外子談過東正教這個最古老的基督教教義，只當作是一項知識，而沒有眞止走進去。

然而，在那次聖地之旅中，我們遇上一位俄羅斯東正教的主教安東尼，外子和他相談甚歡。安東尼主教主動與我談話，問我相不相信上帝。

「相信。」我說的是實話。

「那我為妳施洗，好不好？」

我不免遲疑著：「我對宗教所知有限，受洗還不夠資格吧！」

「讓我問妳：妳對上帝的看法是什麼呢？」

「勸人向善，做好事吧！我的了解眞的有限……」

「沒有關係，讓我告訴妳，上帝的眞髓只有一個字，那就是『愛』。」

「這個解釋我倒蠻能接受的！」我笑著同答這位「沒說教」的高僧。

於是，就在那個乍冷還寒的季節裡，安東尼主教率領了一隊神職人員，接了我們前往約旦河——耶穌受洗的地方——去給我施洗。

怎樣的一個際遇啊！

我身著白袍，踏進河中，冰冷的河水讓我叫了起來，竟忘了自己應該莊嚴肅穆。年輕如我在笑聲盈盈中領洗的那一刻，心中霎時激起一陣難言的感動，轉頭則看到外子眼神中的動容。

更令我不解的是，當安東尼主教要給我取一個教名（Christian name）時，他想了想說：「就叫 Svetlana 吧！」

史微娜拉？好啊！「蠻好聽的，但是什麼意思呢？」

「是光亮（light）的意思。」

啊！正是我的中文名字呀！

主啊，這一切都是您的旨意嗎？

·　·　·

到五月中旬，第四次做化療期間，我也在細讀《虛雲和尚方便開示》等一些禪書了。我對禪道並不很了解，但我欣賞禪書的清和定，甚至喜愛它的文學表達造詣，像李叔同師父那首詩歌之美：「長庭外，古道邊，芳草碧連天，晚風拂柳笛聲殘，夕陽山外山。天之涯，地之角，知交半隱落……」

佛家所強調的隨喜、靜觀，與無常，看似簡單幾個詞語，也蘊涵了極高的人生智慧。

當我看了美國心理醫生魏斯（Dr. Brian Weiss）的名著《前世今生》（*Many Lives, Many Masters*）以後，更讓我感到震動。人生的奧秘，有誰能解？然而書中那許多在西式催眠醫療下回到前世的案例，正與東方古老的輪迴傳說相互呼應著。我帶著幾分驚異的喜悅相信：人生，其實是無限的，只因爲靈魂不死。換言之，人的身體是屬於時間的，靈魂卻是屬於永遠；身體（佛說是皮囊）有限，靈魂則是無限。

魏斯醫生的學經歷相當可觀，受的是正統的一流西醫訓練——在美國哥倫比亞大學以優異成績畢業，又拿到耶魯大學的醫學博士學位。曾經在耶魯大學醫學院精神科部門做到首席駐院醫師。然而他終於突破傳統，根據自己的醫療實驗走向東方靈魂輪迴的研究之路，著書立說，幫助無數病人重新體會生命，也重新正視生命的意義。

目前他是佛羅里達州西奈山醫學中心精神科部門主任，專長於精神沮喪、憂慮、失眠、吸毒、老人癡呆症，以及腦部化學等方面的治療與研究。

我又到圖書館去借魏斯醫生的其他著作，想要進一步了解他更深的看法與信念。

他相信，我們到塵世來走一回，只是那「無限」的一個部分。我們來，是爲了學習——從苦受中學習人生的功課（簡直與佛家看法一致）；而死亡，並不是結束（只是肉身的毀滅），也不是那麼可怕的事。

那麼，你或許會問，人生在世是來學習什麼樣的功課呢？我的領會是：無論聖經或佛書都指出了太多的事情，但不管是忍耐，是恩慈，是虛懷，是同情，或是公義，是正直等等，歸結而言，就是一個「愛」字，也就是學習「愛」的功課。聖經的精神在「愛」，佛家講的「大體同悲」也正是「愛」。

我又發現，佛家講因果報應。魏斯醫生的研究心得也相信因果報應，只是魏斯強調的「因果報應」，其整個概念的重點仍是在於「學習」，而不是「懲罰」。他指出，如果我們學會了功課，報應就會化解；同樣的，如果我們誠心誠意接受了教訓，也就不必再承受每個細節的報應了。

我更從魏斯的書中以及雷久南的書中發現，輪迴之說並不專屬於東方的佛教。這兩位一中一西的醫生都在書中指出，事實上聖經中原本有提過輪迴的現象，只是第四世紀的教皇會議，爲了怕信徒認爲自己還有其他的機會，而不努力於把握這一世，便把相關的部分刪除了。不過，出於刪除得並不完整，聖經中還是有一些地方提到輪迴的事情。

對我而言，這無疑是個重大的發現。它解開了世俗認爲基督教與佛教格格不入的癥結，人們也毋需在兩個信仰上爭執孰優孰劣。它更讓我相信，東西方宗教的教義其實是可以相通的。

愛，可以超越一切。愛，也是萬流歸於一宗的。

・・・

每次做完化療，身體上就至少得承受一星期的難受。我靠著毅力，慢慢從在家寫稿到進步到後來試著出門跑新聞。只是每次體力剛恢復，漸入佳境之時，卻又到了下一次的化療時間。一次次的化療療程就這樣循環著。

第四次化療之後，我的身體弱得幾乎支撐不住。老公把我送到醫院才知道有「脫水」現象，顯然是化療後那兩天我忽視了要多喝水的規矩，加上體力虛弱，就又倒下來了。

安頓我以後，老公先回家去辦事。我躺在癌症病房裡打點滴，看著那一點一滴的液體從容不迫地走著，不急也不緩，一點又一點地做著工，與我平日的急促快速相比，不禁令我赧然。心中也恍悟，自己平常的步調是太快也太急了！

點滴到了傍晚快結束時，突然看到兩個熟悉的身影。是一對兒女讓爸爸給帶來接我回家了。我打心底開心起來。

堪儂組曲・陶藝

時序進入九四年六月，體力上雖然頗感吃力，精神上我卻已能夠積極面對。我繼續讀書寫作、發新聞，挖到好的「材料」也能振作起來發獨家回去。

印象頗深的一次，是從美方專家那裡拿到中共內部的一本書：《中國軍力能否贏得下次戰爭》。美方已把全書翻成了英文。由於事關台海軍力及台灣安全，我趕緊與台北副總編杜念中聯繫。念中兄是位有國際觀，又具敏銳新聞感的編輯，當下即決定值得好好做成專題。商量好做法後，我忙了整整兩天，摘重點，做訪問，光是台灣部分就摘譯了五千字；後來又向我的美方來源要到一份中文本的影印，按台北的需要電傳了好幾章回去。

我體力雖有限，在能力範圍之內，我還是積極走進生活中去。那陣子，甚至還恢復爲我們華府這批台北記者同業辦起活動，請了「大老級」資深特派員傅建中來與我們座談。建中兄博學多聞，記憶力又佳，談人論史逸趣橫生。聽他談話，我們後輩都深感過癮。

六月中旬，我的日記上寫道：「生病雖苦，治療更累，但總要設法活出一種精神來。」

我不知道這算不算是「實踐生命」，但是我已然了解生命的有限與無常，我們應該踏實地活下去，就像楊牧谷牧師在他那本《再生情緣》中所說的：「善是實踐生命，惡卻是糟蹋生命……我們不應對它過早投降，但也不存虛幻奢想。」潛意識裡，我顯然不曾投降。我的身體很不舒服，但是我一點也不想糟塌任何一天。

沒想到生病以來，我在掙扎中寫作累積下來的成績，竟也有相當的產量。更令我意外的，則是接到台北工商時報社長鄭優的電話：「恭喜妳！妳被國內的『芙蓉扶輪社』票選爲今年度的得獎人！」

我驚訝不已，怎麼突然會有這樣的消息？事前毫無影子，不像我在幾年前獲得吳舜文新聞獎之前，至少還收到報社傳來的申請表格。如今我的幸運又是怎麼回事呢？

原來在鄭優的推薦下，我病中的一系列「華府風雲」專欄文章受到了「芙蓉扶輪社」（也就是扶輪社的女性團體）的青睞，經過她們全體會員票選，我成為該年度的「職業成就獎」得主。我想，那些優秀的會員大概是對我投下了「同情票」，鼓勵我繼續奮鬥下去。無論如何，這獎對我當然是很大的精神鼓舞。

該社團的負責人頻頻與我聯繫，以為我既已常常在報上寫稿，身體應已痊癒，因此希望我七月間回去領獎。我只有苦笑婉謝了。

於是她們要我寫一篇感言回去，領獎則請台北的二姊幫忙代表。我幾經琢磨，決定乾脆坦然寫出自己因乳癌無法回台的情形和心情，但毋需再陳述自己的傷心與軟弱，而是把重點放在堅強面對、克服困難上。那晚在日記上，我這麼寫著：

「人，總是得往前走，不能停留在自憐上！」

六月下旬，做第五次化療，心理上已不那麼傷感，因為當時我一心想到的是只剩下一次化療了（後來事情的發展卻並非如此）。

然而，我再度倒下來。我就像一個戰場上的小兵，一次次與敵手交鋒，一次次倒下，又一次次爬了起來，再繼續奮鬥下去。人的潛力究竟有多少？我真的不知道。

．．．

那期間正是學期結束的季節，女兒的芭蕾學校推出公演，她扮演《奇幻珍珠》（*Magic Pearl*）舞劇中的那顆珍珠。這對她而言，可是人生中的大事，因此特別希望媽媽能去看她表演。我卻被化療打得很慘，心中不住地禱告上帝賜我力量。我撐著去了，坐在臺下。當「堪儂組曲」（Canon）悠揚的樂音響起，一群仙女（都是大女孩）身著優美的舞衣出現在台上，舞姿婉約動人，我卻被那美妙的音樂震懾住了！那平和優雅的組曲挑動著我的心弦。「多美的音樂啊！」我不禁驚嘆著。

然後，然後，我看到舞台的中央，一個小小的身影一身銀白舞了出來。她隨著那群大姊姊仙女一起舞著；她們圍繞著她，她在中央舒展著自己的身軀和散發著光華。突然間合奏停止，一段悠揚的小提琴獨奏流瀉而出，纏綿悠遠彷彿天籟。那種極致之美，好似就是爲了成全那顆銀光流轉的珍珠在舞台上婆娑旋轉。啊！

那顆小珍珠，是我的米娜！

在淚眼模糊中，我看著女兒姣好的臉龐、專注的神情。她才九歲，怎會有那麼一臉專注幾近神聖的表情？噢，她已融入音樂，也在享受著舞蹈。

我終於了解何以老師總要她在同齡的舞蹈班之外，也參加大女孩的高級班；我也終於明白何以女兒從不需我們敦促，總是主動認眞地去上芭蕾課。她是眞愛芭蕾這門藝術的。

我心中充滿了感恩之情，感謝上帝讓我擁有這個女兒，也祈求祂讓我有機會陪她一起長大。

因著這隻舞吧，我愛上了堪儂組曲這支古典曲子。不僅因爲女兒的關係，也因爲它有一股感動我的力量。

依然記得一次去賓州的旅途上，我們幾位家長帶了一車的孩子要遠征到外州表演。一路上孩子們的喧嘩聲不斷，領隊喬伊思（Joyce）突然放起堪儂組曲的音樂來，車上遂逐漸安靜下來，只有音樂圍繞著我們。

我望著車外的綠野山丘連綿無盡，天際竟飄起微雨，絲絲纏纏細細密密，堪儂組曲彷彿一部生命的樂章在為這景致作背景。那不急不緩的旋律，一重又一重地輪番流轉出來，像是在為生命的莊嚴而歌頌。然後樂音轉為悠揚，周流不居，突地琴弦一勾又流出一股細緻的纏綿如一縷輕煙如一彎溪流滑過心田，迴腸盪氣……

我，在車中靜靜地流淚。

後來，我陸續搜集了各種演奏堪儂組曲的CD，還去圖書館查過作者帕海貝爾（Johann Pachelbel，十九世紀德國作曲家）的生平，發現後人演奏這曲子的方式竟不下十種之多。其中我最心儀的，是那個在開始與尾聲都配上了海潮聲，中間的獨奏部份則改為笛聲（是西洋的豎笛？還是中國的簫笛？）的演奏。那笛韻的婉轉嘹亮穿插其間，使得整個組曲聽起來既氣象恢弘又迴旋轉折，好似人生的潮起潮落，潮來潮往，自有一種諧和的美感。

我曾經這樣告訴兒子：「米嵐，如果哪天媽媽要離開你們，臨終時，就為我放這首音樂吧！」

· · ·

我幾乎是帶著盼望的心情在等待第六次化療。當然不是歡迎它的來臨，而是急於歡送它的離去。

那時已是七月，也是孩子放暑假的季節。化療回家後我癱在床上，十四歲的兒子和九歲的女兒不時來陪我，給我倒水，跟我聊天。

自從我病倒以來，不安全感顯然影響到女兒的心靈。如今她常會主動地告訴我，她是多感謝有我這個好媽媽，她怕失去我。「媽，妳一定要答應我，要永遠跟我在一起噢！」

在日記上我寫道：「我將永遠默默守望著女兒，只要她有需要。」

兒子比妹妹含蓄。但我們這對母子就如同魏斯醫生書裡所說的「靈侶」（soul mate）那樣，總是心有靈犀一點通，一個眼神，一句話，就彼此完全了然了。

有一天夜裡，我輾轉難眠，想著自己患病以來的種種，發現自己心中好似不曾埋怨過像「爲什麼是我？」那類的問題。無論是因果報應，或是上帝要藉著苦難滌清我的靈魂，我自覺一切都是自己該承擔的。

人生在世，我既然接受過生命所帶給我的意外驚喜——比如我那一對兒女，帶給我如此豐富的世間情緣與喜悅；又比如我的工作，帶給我如許知性上的挑戰與成長——那我爲什麼就不能承受生命所帶給我的意外驚愕或痛苦呢？我的智慧有限，不知道這場病痛所將帶給我的意義是什麼，但我願意試著去「歡喜受」。

在黑暗中，緣於一股難以言喻的悸動，我爲自己過去的貪嗔癡種種塵俗之惡，還有迷失、愚昧與執著，合掌凝神向上帝默默懺悔……

那是我的懺情記，或許也是我「新生」的開始。

・・・

學陶藝，是從九四年四月開始的。每週一次兩小時的課程，對我來說實在太不夠了。從小就喜歡畫畫的我，如今在陶藝課堂裡，看到那些粗坏，就有如畫布已經就序，等著我去造形添色，一種「他鄉遇故知」的溫馨感油然而生。

在粗坏上畫陶創作，於我也是一種情懷的表達，如同寫作一樣，都是屬於藝術的境地。這嗜好無疑爲我灰黯的天地增添了彩色和創意的空間。

從佈局、下筆，到上釉、燒窯，我對每個步驟都帶著一份好奇與喜悅。每當作品從窯裡燒出來，那份彷彿等待謎底揭曉的心情，尤其是興奮。

多奇妙啊！在乾泥巴上畫畫，然後上釉，再經過高溫以後，竟會成爲通體晶亮的器物，而你的創作無論成熟與否，永遠都是個成品在那兒了。它們是否就像浴火重生的火鳳凰？

到七月下旬，我已經考慮要自己買個窯放在家裡了，因爲每次畫好的作品都得拿到工廠去燒，碰到做化療的期間就只好暫時擱置下來，很不方便。

老公對我這個嗜好一直相當贊同，對我的作品也不吝誇讚，買窯的想法更在他爽快的支持下就定了。而且他還主張要買就買個大的，不必爲了省錢買個小的反而不實用。

我的興趣更濃了，也開始不斷地嘗試各種創作。先是從基本的小件開始，沒多久就進度超前地做起大件來了，像大型的花瓶和花盆，好像那樣才能滿足自己的大塊佈局似的。畫風上，我則從西畫圖案設計跳到中國國畫，從花鳥樹木遊走到山水人物，梅竹蘭菊都一一畫過，然後又嘗試起「西學為用，中學為體」的現代畫法，求其生動靈活。真是玩得不亦樂乎。

就這樣，我找到了一個新天地，任自己徜徉其間，自我實驗，也自由揮灑。

暑假開始，陶藝課就停止了。我因為買了窯，可以在家裡繼續摸索下去。我跑圖書館去借專書，託人從國內幫我買畫冊，也有朋友主動借我畫冊作參考，尤其沙金巖姊總是一本本、一套套地搬到我家來，從故宮的《名畫薈珍》到鍾壽仁的創作集。她自己習畫多年，卻說：「妳有才華，這些畫冊對妳更有用！」後來，新近加入華府新聞圈的年輕同業史哲維和他善體人意的未婚妻小黎，也從台北為我買了兩本荷花專輯。

就像任何外行一樣吧，剛開始的興奮襯托著一份幼稚的情懷，做出的成品還會開心地到處送朋友。但那童騃式的喜悅總會過去，繼之而起的則是「學然後知不足」的體會，從而想要多看多學也多思考了。

本來就欣賞張大千那種從傳統之中開創出自己風格的氣魄，卻不曾有時間去研究。記得前兩年華府沙克勒博物館為張大千的畫作舉行特展時，自己深深為之著迷。如今，我想要進一步細究他畫風的培養與成長過程了。

夜闌人靜欣賞畫冊最是享受，而對我這初學起步者，僅僅是捧讀一本《雲山，潑墨，張大千》的介紹，以及高嶺梅主編的中英對照《張大千畫冊》，就有如走了一趟充實的心靈之旅。

眼看大千居士從臨摹以了解古人的用筆用墨，到寫生以認識萬物情態，深入敦煌石窟去探寶畫寶，繼而走遍千山萬水，盡收丘壑於胸中，終而散發於淋漓的潑墨潑彩之間。到晚年，他的畫作已呈顯出「隨心所欲」的境界，靈氣與磅礴兼具。

大哉！好一個張大千！

我尤其醉心於大千居士的荷花。那荷葉用筆的深沉，好似就爲了襯托荷花的清靈婉約。無論是「雲破月來花弄影」的朦朧之美，或是「雨荷圖」的淒迷清新，還有那剛柔並濟的大幅「巨荷四連屏」、金壁輝煌的「赤蓮」，都令我不忍釋卷。

我開始在粗陶上畫荷。不斷地畫，也不斷地去感受。我不在乎畫得好不好，我只是喜歡畫荷，也享受畫荷。我自忖畫荷應該要運筆講究活，運氣追求靈，才能顯出荷花的氣質。我臨摹各種姿態的荷，留白處我也附庸風雅地開始題上詩句，比如：

夜深庭院寂無聲，
明月流空萬影橫。
坐對荷花兩三朵，
紅衣落盡秋風生。

在我畫的一只「荷花仙子」花瓶上，我借用了另一首詩：

九月江南花事休，
芙蓉宛轉在中洲。
美人笑隔盈盈水，
落日還生渺渺愁。

我的作品當然不成熟。但我已沉浸在畫中有詩，詩中有畫的情境之中。

・・・

同樣的，我也深深心儀於李可染的畫。那種大氣磅礡，那種氣質魂魄，是可以直接觸及靈魂深處的。

這位中國大陸的大師，曾以「用最大功力打進去，用最大勇氣打出來」這句話自勉，直可與大千居士「從傳統到突破」的歷練相互輝映。

從小，我就對書法有興趣。在父親的稱許鼓勵下，拿著毛筆一筆一劃地運氣與用力，對我來說就像是在創造一種平衡與飄逸之美，而筆下的每一個字，都是我莊嚴的創作。

我深深覺得中國文字的創造眞是一門藝術。

就那樣，我天天寫書法，不以爲苦。在母親的提示下，從柳公權練到顏眞卿再到王羲之，前後算算也有八年的時間。其間在學校參加了多次書法比賽，並名列前茅。但那時候，我好像沒有什麼特別興奮的感覺，只覺得那是平日所下工夫的一個回報而已。

多年後我在海外，震憾於李可染的書法，那筆觸所流露的氣魄，一看就知道不同凡響。再讀有關他的書，更爲他那句「可貴者膽，所要者魂」而動容。他強調的「下筆要重，要苦」，更是深得我心，好像遇到知音一般。這幾句話豈僅是他作畫的心得而已，想必也是他經過焠鍊以後的生命寫照吧？

就這樣，每天我都要盤算一番，如何在跑醫院之外兼顧工作與畫陶（何況還有孩子的事情也不少）。我的生活於是又開始越來越忙起來了。有時候，在兩個「最愛」之間，還得經過一番掙扎，才能決定究竟是畫陶還是寫稿呢。

割除右乳房

一九九四年八月中旬，我又得面臨第二個關口了。化療雖已縮小了腫瘤，理論上是控制了癌的擴散，但是我仍然必須進行割除手術才保險

偏偏就在那段日子裡，鄰居一位與我同年的波特太太進醫院動手術，在打麻藥的過程中，揷管子到肺部的那一關出了問題，竟致失血而死！

乍聽到這個惡耗，我震驚不已，匆匆前往她家去慰問。一進門就看到她留下的三個孩子坐在樓梯上哭泣，她先生則在沙發一角把頭埋在雙手裡，一抬眼盡是血絲。那最小的女兒一直是米娜的玩伴，看到我就跑過來哭倒在我懷裡。

人生，竟可以是如此的無常，如此的殘酷!?突然之間，生命就可以被剝奪，生與死之間竟只是一線之隔，讓留下活著的親人情何以堪！

臨到自己要動手術的日子接近時，心裡也不免惶恐緊張起來，不知自己是否也會遭到不測?兩個孩子或許也同感憂懼，自動爲媽媽禱告起來了。

我更是不想則已，越想就越緊張害怕，尤其是在醫生說這是大手術，需要全身麻醉時。我曉得自己也得經歷從嘴部插管子到肺部那一關了。這過程會一切順利嗎？我還有機會睜開眼睛看到孩子嗎？他們還需要我啊！

在心慌意亂中，我感覺到自己的脆弱，轉而祈求上帝，祈求祂保祐我。我隨手拿起《喜樂的心》那本書，這是作者倪柝聲對讀經的每日選讀。我翻到自己要動手術的那個日期：八月十六日，想看看那天作者對聖經的領會是什麼？

因爲我耶和華你的神，必攙扶你的右手，對你說：不要害怕，我必幫助你。

（《以賽亞書》第四十一章第十三節）

我簡直不敢相信，這眞是主在傳話給我嗎？我的惶恐爲之一掃而去。這是怎樣的一種巧合（我的手術剛好也是右邊），這是一個「神蹟」啊！

由於我的病況嚴重，醫生決定做的割除手術（mastectomy）還不是單純的割除乳房而已（那稱爲 simple mastectomy）。我所要面對的，是一種相當徹底的割除手術，稱爲 Modified radical mastectomy，乳房、腋下淋巴結和胸小肌都必須割除，還能保留殘存的大概就只是那個部位的皮膚和骨頭了。

手術當天一大清早，老公就陪我去到醫院。他慎重其事地安慰我一切都會沒問題的，但在我放開他的手，獨自走到裡面手術房去的那一霎那，我雖然朝他一笑，轉過身時卻突然一陣酸楚，軟弱得想哭起來。我竟害怕這會是永別！

我默默走向等著我的護理人員，強自鎮定下來，聽著她的指示。我心裡明白，此時此際又只有自己一個人去面對考驗了。

仍然記得手術房的冰冷，以及手術臺的冰涼。那時，全身除了一襲醫院提供的袍子外，什麼都得取下，包括假髮，我卻還沒法做到「萬緣放下」的心理準備。這是第一次我在人前光頭亮相，心裡竟委屈得感覺自己是個沒有尊嚴的病人。一陣凄涼湧上心頭，我努力地忍住淚水。

手術房裡完全是另一個世界。我躺在手術床上，四週都是躺著要動手術的病人，還有來來往往的醫生和護士。他們各有所司，也各忙各的。病人尊嚴的顧慮，在這裡是大可不必的，醫生們的首要顧慮，顯然是病人的生命。

我只知道在那個大手術房裡，我接受了麻醉醫師給我做全身麻醉，至於真正動手術時是否另外在單獨的房間進行，我就不知道了。

矇矓中，我在一種像是極度疲乏虛弱的狀態中聽到一個女人的聲音：「你看，這個東方女子的輪廓多好啊！」我感覺到她用手輕撫著我的臉孔。我只顧掙扎地問道：「還要多久啊？我好難受啊！」那護士再度摸著我的臉安慰著：「手術已經做完了。醫生說妳失血過多，我們正在給妳輸血呢！甜心。」我又昏迷過去。

被推到病房以後，我仍昏迷不醒，只有兩次依稀清醒了一下：一次是看到床前三個我最熟悉的身影——兩個孩子和站在他們身後的老公，我連講話的力氣都沒有就又昏睡過去；另一次則是在矇矓中看到一對夫婦關心地看著我——是曉慧和她的夫婿柏瑞棋（Joe Borich）。

柏瑞棋那時是國務院主管台灣事務的官員，我們有緣建立起很好的工作關係。我是經由他才認識曉慧的。沒想到在私誼上，他們這對夫婦如此有情義。

真正清醒以後，只感覺虛弱，連下床的力氣都沒有似的。但護士一再鼓勵我設法下床走動，說那樣才會加速恢復，也才可能早日出院。

我只有從上洗手間這個動作開始練習走動，但那已是一件大工程。由於我的虛弱，手膀上始終吊著點滴，補充養分。另外，我右胸的傷口處吊著一個塑膠袋，裡面是一灘血水，自己看了都有點害怕，想到那血袋是靠著一根管子接連著我的傷口的，又不禁擔心這是否牢靠。

因此，我去一趟洗手間，得一手推扶著掛點滴的帶輪架子，另一手捧著縫接在傷口的血袋，眞是戰戰兢兢，如履薄冰。

我一心想早點回家，因此努力下床走動。除了家人，曉慧也天天來看我，還陪我到走廊散步，給我打氣。有一天，沙金巖姊也跟著曉慧一起出現，令我驚喜。老友美芳則抱來滿懷的粉紅色玫瑰，把我的病房點綴得喜氣怡人。

住院不過兩三天，我就準備出院了。那天的心情特別好，但在我等家人來的時候，突然在病房外看到一張病床推過來停住，又有病人來住院了。接著我看到一個年輕女子病得骨瘦如柴，連起身的力氣都沒有，要靠護士抱她起來，而她臉上的神情則是全然無助又驚慌的。我的心爲之抽緊。她是否已到癌症末期了？她有家人陪伴嗎？她還是青春年華，卻已油盡燈枯了嗎？

我只能含著淚默默看著護士把她安排到隔壁房間去，心裡爲她默禱著。

．．．

出院後回家休養，最感不便的就是傷口還吊著那個膠囊「血袋」，如影隨形地跟著我。依照醫生、護士的指示，每天得進行血袋中血水的衡量和清理工作；如果血水越來越少，那就是好現象。

一週以後又去醫院，讓醫生檢查傷口。我一心希望那累贅的血袋可以拿掉，但想到怎麼拆掉血袋又不免害怕。躺在手術檯上，正想問醫生怎麼移除血袋的問題，突然感到他很用力地一拉，我的傷口一陣尖銳的劇痛，管子已被拉出來了。我幾乎爲之虛脫！

回到家還心有餘悸，也不知傷口怎經得起那樣用力的拉扯。正準備上床休息，卻接到台北中國時報副總編輯戎撫天的電話。他竟要我打聽新任駐美代表的人選，我一時簡直無法想像如何受命，遂對他說明，自己剛動完大手術，身子仍虛弱。他雖好意地表示諒解，但還是希望我跟他一起「合作」，因爲根據他在台北的消息來源：「這人選是你們冉亮熟悉的！」

這下我就脫不了身了。

躺在沙發上，我勉強撐起來，把所能想到的可能人選一一列出，從經貿部門的蕭萬長、許柯生，到學界出身的我的師長如關中、張京育等的名字，都寫在紙上。心想我認識的人說多不多，但說少也不少，列在名單上的那些人當中，誰會是那人選呢？然而時間有限，趕緊求證才最重要。於是拿起電話，幾乎對所有的美方與中方線索都打遍了，再與台北戎副總共同進行「刪除法」，彼此對照名單，逐一劃掉已被否定的人選，最後只剩下兩個名字在名單上：許柯生和魯肇忠。

再經過緊急求證，竟然是魯肇忠「中彩」，自己也覺得眞是「黑馬」一匹。戎副總說：「截稿時間已經到了，但我們會等妳，妳趕快發稿吧，要八百字才行。」

我根本沒有下樓去用電腦的力氣，只有就地用手寫稿。時間如此緊迫，更是緊張，所幸我對魯肇忠的背景與近況還有些了解（生病前，曾經去歐洲四國出差採訪，剛好包括魯氏駐節的比利時），要寫出八百字應還可以勉強應付。我緊張得連字都寫得歪歪斜斜。截稿時間趕稿，最是催人老。

八〇年代美台之間掀起了漫天的經貿爭議，從開放市場到匯率攻防戰，我在華府第一線上，不知打了多少驚險萬狀的新聞戰，多少次都是在截稿線上，背負著報社印刷工廠全都在等著你完稿的壓力，趕出一個個的獨家，震動國內（尤其是股市），也累垮自己。

沒想到如今自己竟在這樣虛弱的情況下，又碰上這種截稿壓力而勉強上陣打了一仗。

由於剛動過手術，我從右胸痛到整個右肩和右手膀，而且有動彈不得之苦。但是既然碰上新聞任務，又有時間壓力，疼痛也只有置之度外了。

當天傍晚，華府同業已紛紛打電話到家裡來，問我怎麼跑到這條獨家新聞的。原來台北早報已出刊，那條消息就這樣傳開了。我實在覺得自己不應居功，不過是與台北戎副總合作無間，加上運氣好而已。

在華府跑新聞已近二十年，如今對獨家消息已沒有什麼興奮之情。工作上，我但求盡力，自己心安就好；碰到機會時，我也歡迎挑戰，過過癮。

撫天兄與我並不熟悉，但幾度在工作上合作愉快。這次我病中，他雖「抓我公差」，卻仍十分關心我的情況。

後來他送我一隻精筆，在小卡片上寫著：

冉亮：

一句話，敬佩！

敬佩妳無窮的生命力，願這支筆執行妳的無盡創造力！

撫天

．．．

手術後休養的日子中，我拾起了一些自己喜愛的舊書來讀，也算是種難得的奢侈和享受。

像胡適，一直就是我欣賞的文人，他的書我也一直在收藏中，如今剛好可以再細讀一番。又想到台北遠流公司在八九年出版了他的手稿本日記十八冊，此時不免心嚮往之。

於是打電話給熟識的長輩胡祖望先生（胡適之子），萬沒想到他慨然應允把他身邊那一套借給我看，而且還和胡夫人一起把書給我送了過來，心中眞是不勝感謝。

沒想到的是，這趟病中研讀胡適，不但解答了我過去的一些疑惑，而且還有新的發現，眞乃人生一大樂事。

多年來，我就深深佩服胡適做學問的功夫，尤其他具有紮實的國學與古文底子，卻勇於突破，提倡白話文，開風氣之先的用心與努力。

後來，我從書上讀到他十七歲時就能把英文詩翻成優雅的中文詩，更是心折。然而，這樣一位大師，卻會因孝順而奉母命成婚，守著一個沒有愛情的婚姻，無疑更是令人好奇。

每當讀到他的詩詞，心中就猜想他必定是性情中人。在日記中他就這樣自剖過：「我的行事，我的文章，表面上都像是偏重理性知識方面的，其實我自己知道不是如此。我是一個富於感情和想像力的人，但我不屑表示我的感情，又頗使想像力略成系統。」

你看他的這首詩，就透露了幾許他感性的一面：

依舊是月圓時，
依舊是空山，靜夜；
我獨自踏月閒行，沉思——
這淒涼如何能解！
翠微山上的一陣松濤，
驚破了空山的寂靜。
山風吹亂了窗紙上的松痕，
吹不散我心頭的人影。

這淒美的意境不禁令人遐思。而他心中的戀人究竟是誰，在這次的研讀中終於知道答案：正是他的表妹曹佩聲。

看來，這位學者大師雖曾在不愉快的婚姻中自許要「把心收拾起來……叫愛情生生的餓死……」，然而他的感情之門畢竟還是關不住。

至少，他曾經眞愛過。

我又曾讀到一位作家引述胡適的一首詩，其中有這麼一段：「百尺的宮牆，千年的禮教，鎖不住一個少年的心！」不禁爲之震動。這是不是他自己內心情感的寫照？他又是否在壓抑自己的感情呢？我任自己的想像力飛馳……

如今，我竟在胡適北大教書時期的日記中找到了答案。原來是我的想像力太豐富了，胡才子的感嘆不是爲自己，而是爲那時生活猶如在監禁中的宣統帝溥儀而寫的。

我的推理根據的是他的兩篇日記。

一篇是民國十一年五月三十日，他寫道：

今日因與宣統帝約了去看他，故未上課。……

我稱他「皇上」，他稱我「先生」。他的樣子很清秀，但單薄得很；他雖只有十七歲，但眼睛的近視比我還厲害；穿藍袍子，玄色背心。……

他問起白情、平伯；還問及詩雜誌。他曾作舊詩，近來也試作新詩。他說他也贊成白話。他也談及他出洋留學的事，他說：「我們做錯了許多事，到這個地步，還要糜費民國許多錢；我心裡很不安。我本想謀獨立生活，故曾要辦皇室財產清理處。但許多老輩的人反對我，因爲我一獨立，他們就沒依靠了。」

另一則是緊接著的民國十一年六月六日的日記，胡適這樣寫著：

我昨晚忽然想做詩紀一件事，初稿很長，後來刪成短詩一首：

有感

咬不開，捶不碎的核兒，
關不住核兒裡的一點生意；
百尺的宮牆，千年的禮教，
鎖不住一個少年的心！

原來那「鎖不住的少年心」不是胡適自己，而是年輕的溥儀。我深深受到感動，爲這位「有心卻無力」的末代皇帝感到悲哀，也爲胡適的敏感與慈悲心懷敬意。

閱讀中的驚異還不止於此。比如當我讀到民國十年六月十七日他爲六月三日「北大有學生請願而遭軍警打死」的事件所寫的一首詩，讓我驚覺中國歷史悲劇竟然在重覆著，即使在六十八年以後（一九八九）的六月三日夜晚（六四清晨），當政者仍然傲慢地以高壓手段對待青年學子的和平示威，而且竟是在同月同日屠殺學生！

這首詩取名爲〈死者〉：

什麼都完了！
他那曾經沸過的少年血，
再也不會起波瀾了！
我們脱下帽子，
恭敬這第一個死的……
但我們不要忘記；

請願而死，究竟是可恥的！

我們後死的人，
儘可以革命而死！
儘可以力戰而死！
但我們希望將來
永沒有第二人請願而死！

我們低下頭來
哀念這第一個死的。
但我們不要忘記：
請願而死，究竟是可恥的！

胡適先生對一個年輕人的生命是多麼地重視，多麼地尊重。然而他深沉的悲痛卻隨風而逝，沒人理會，他眞誠的呼籲與願望，也沒能實現。

　　他對年輕人的培植與照顧，其心胸氣度幾與日月同光。多年前，他也曾經幫助過一位青年學子，悄悄爲他付上留美的學費。等到那年輕人陳之藩日後知道，胡適卻回信給他說：「我借出的錢，從來不盼望收回，因爲我知道借出的錢總是一本萬利，永遠有利息在人間的。」

對父親的祕密

那段日子，心中一直懸念著遠在台北的老父。到我要動手術前還先寫好兩封信，傳給在台的二姊，讓她一個星期給父親一封，如此可以抵上兩週對他老人家的問候。猜想兩週後自己體力應已恢復過來，聲音大概不至於聽起來太弱，就可直接打電話給他了。

過去兩、三年來，我因著父母先後病倒受苦，心中格外不忍。我也發現自己是如此脆弱，竟然有些無法面對父母老病而將離世的可能，對於人生如此的結局更是鬱結難解。

或許這就是「哀樂中年」的感傷吧。拋開我身爲人妻、人母的身分，在內心深處，我永遠是家中的老么，從小就與父母感情特別深，如今看到他們病倒受苦，心裡也跟著感受著苦痛。

母親是在一九九二年七月離開我們的。從重病到過世，對父親打擊最大。多少年來總是母親把他照顧得好好的，母親也曾對我們說過：「將來最好是你爸爸『先走』，如果我先走，他就要受苦了！」

然而命運弄人，母親眞正倒下來時，醫生才發現她已經心肌梗塞，且情況嚴重到無法動心臟手術的地步了。平時她總是感到腿痛，幾次去檢查，醫生都是往風濕、痛風的方向去治，就這樣給耽誤了。

自從母親病倒，每回聽到她的呼喚，或是得知她被送進醫院急救，我就立刻束裝返台看她。母女連心，於我最是眞確。爲了母親，我非回去陪她不能安心，但我人到了台北，看到母親熬過了關口，心裡便掛念起在美國的孩子；人回到美國時，又不捨在台的母親。我，身兼女兒與母親的雙重角色，就這樣夾在兩代之間，爲愛受著折磨。

我尤其佩服母親在受苦時的堅毅。即使已經病入膏肓，她也從不呻吟。她永遠體諒別人；在醫院裡，她幾度死裡逃生後即使氣若游絲，也會掙扎著下床自己梳洗，而不假手他人。她活得有尊嚴，病時也仍照顧著自己的尊嚴。

我看在眼裡，心痛又感動。母親即使已到了人生盡頭，仍讓我領受到她「平凡中的偉大」。

記得在母親最後的那段日子裡，我幾度飛來飛去以後，元氣大傷，感到極爲疲累。有天突然接到二姊電話，哭著告訴我媽媽好像不行了。我原希望自己能稍微休息，兩天後再動身（因爲我那時眞是已經心疲力竭），然而當我打電話給母親問道：「媽，妳看我什麼時候回去比較好？」她微弱地說了一句：「越快越好。」我就流淚了！

那個月，我一直在榮民總醫院陪著她。我要陪她走完最後一程。

曾經，母親一度病危，心肌梗塞，也無法呼吸，急診之後送到加護病房，醫生用插管子的方式幫她呼吸，使得她喉嚨受傷，苦不堪言。在病床上她無法言語，做手勢要寫字，家人馬上拿了紙筆給她。母親顯然覺得已撐不下去，掙扎著給父親寫下了告別書：「你我結婚四十餘年，如今我要先走一步，不能再照顧你了！……要他們（指在美國的哥哥和我）趕快回來，我想見他們最後一面！」

父親捧讀以後，在病房外幾乎痛哭失聲。

二姊那次也是在電話中告訴我情況，叫我盡快回去一趟。我在飛機上不住地流淚，也不住地在心中呼喚：「媽，等我，要等等我啊！」

母親熬過了那一關，哥和我先後趕回去，見到她那受了不少折磨的容顏幾乎有點變形了，心中直是不忍。但她慈祥的笑容，縱然虛弱，也仍是永恆的溫暖。

那以後，母親的病情每況愈下。到最後我回去陪她的那個月，大家心裡都有數，她的日子已經不多了。

在醫院裡，她身體各部門的功能一一出現衰退現象，醫生則盡責地設法「挽救」著，一下子插管子，一下子洗腎，一下子又要止住內出血……我可憐的母親，瀕臨死亡邊緣還要一次次地受著「被挽救的折磨」。

她的血管已然硬化，護士卻仍不斷地要抽血，從手膀試到手指，又從腿部試到腳背的細血管，針扎下去，母親痛得叫出聲。甚至在最後的階段，因爲內部出血，她還被送去照腸子，管子硬從後體戳進去，痛得她不住地呻吟……

我陪在一旁，只能緊握著她的手，心裡不住地哭泣！回到病房，我衝進洗手間，悲痛地飲泣起來。我不懂，爲什麼醫生明明知道再挽救也是枉然，還要讓病人一而再，再而三地受苦？我也恨，恨自己沒有勇氣阻止醫生，請他們放手，讓我的母親安詳地走！

二姊公事很忙，身爲公司主管，責任也大。那陣子由於我在，她才可以稍微喘口氣。她白天去上班，傍晚下班後總是直接來醫院。我向她傾訴媽媽白天所受的苦，我們決定去找主治醫生談。

醫生無可奈何地表示諒解，然而他說：「救人是我們的責任，我們不可能見死不救的！」他表示，只要我們家屬簽字，到最後垂死關頭時，他們是可以不做電擊心臟之類的劇烈挽救措施的。

我終於明白，有天一位高齡老太太被送進醫院所引起的騷動了。她從頭到尾不停地哭鬧著，吵得別的病人無法休息，醫生也勸說不住。她比誰都有毅力，雖然年老氣衰，卻始終堅持一件事：她不要住院，她要回家！

她的兒子後來眞的接她回去了。如今我才恍悟，她是寧可在家裡支撐到最後，有尊嚴而自然地與世長辭吧！

我們卻選擇把母親送進醫院，因爲這似乎是所謂「現代式」的做法。然而結果是讓醫生不斷地用各種醫療技術延長她的氣息，同時也延長著她的痛苦！

媽，對不起！

不知是否出於某種心靈感應，雖然我完全不確知母親會在什麼時候離開我們，但有一天早上我特地回家用輪椅把父親推到醫院去看媽媽。直覺上我就覺得必須這麼做。

母親的呼吸已十分困難，像是在喘氣，很費力地大口大口在喘，我看了不免心驚，心頭更有如壓了塊石頭一般。但我有責任在身，我要爸爸再見她一面。我貼近母親，在她耳畔說：「媽，爸來看妳了！」她似乎有所回應地點了一下頭。我知道，再痛苦她也會回應的。

父親看著媽呼吸困難的樣子，流下了眼淚。

我握著母親的手，已經涼了⋯⋯

那天傍晚，母親就離開了我們。

病床四周拉起了圍簾，這個世界就屬於我和媽媽了！我爲她淨身，心中默默與她話別：「媽，不必再受苦了，妳安心地走吧！」

我小心地不讓我的熱淚滴到她冰冷的身上。

那一刻，我了解我是多麼多麼地愛她，我也感到我們母女之間即使在這天人永別的時刻，依然能夠心靈相通。我深信，我心中的話，她都聽得到。

那趟台北之旅，告別了母親，牽情於孤獨的老父，像是走了一趟悲苦人生。回到美國，我的心境彷彿已經蒼老。

在榮總照顧母親時，我自己也曾昏倒過一次。總以爲是自己太累的緣故，後來才明白，其實那時我已身患癌症了。

・・・

我病倒之後，仍盡量與父親保持連絡。他自己卻病情逆轉，竟至四肢癱瘓。每每在電話中，他會忍不住地哭泣起來，令我肝腸寸斷。

我只能在心裡默默告訴他：爸，我也在陪您一起受苦啊！我懂得的！

等我自己堅強起來以後，我總安慰他，把一切痛苦交給上帝，我會爲他禱告，也希望他試著與主交談；畢竟，生老病死，是自然的定律。其實，在人生的旅途中，能克服困難固然是堅強；能順應那不可變的，也是堅強吧！

但我怎能不感傷？看到父親的情況，我不禁想起讀過的一篇文章，簡媜的〈老去〉。文中說道，在人生路上，總是有很多人跟你一起長大，但只有一兩個人——甚至沒有人——陪你老去……

・・・

在我腦海中，父親一直是個英挺的形象。當年他身著空軍軍裝，手插在腰際的雄姿，有時不禁讓我無法與今天的他相連在一起。

母親過世後，他突然陷於精神上的孤寂之中。很快地，他的柏金森症竟急劇惡化，以至於四肢不能動彈。這雙重的打擊令他痛不欲生。在電話中，他會向我哭訴著「生不如死」的苦痛。

而如今，我卻無法掛下電話就馬上束裝回去看他了，他在心中可曾怪我呢？所幸，父親的一切還有台北的二姊在全權照顧著。她毫無怨尤地承擔起一切，盡著人子之孝，但有時也難掩身心俱疲的情狀。

我這一病，二姊也跟著心掛兩頭，不斷地打電話來安慰我，又給我寄書寄補品來。她曾寫信給在洛杉磯的哥哥，說我和她原來約好將來年老時要相互照顧的，如今我生了大病，她卻不能陪我……她還告訴哥哥說，我是一個 perfect younger sister（完美的妹妹）！

有一次在電話中，她告訴我，她的一位美國護士朋友說：「得乳癌的人都是心太好的緣故，總是爲了別人而苦了自己。」她要我一定要多愛護自己一點。隔著電話，我聽了心有戚戚焉，眞想給她一個溫柔的擁抱。

知我者，二姊也。

和哥哥之間的感情又是另外一種。他不外露，卻有超級軟的心腸，聽到我生病或受苦，就哽咽得幾乎講不出話來。

平常怎樣也說不動他飛來與我們團聚的他，卻在我病後放下工作，主動飛過來。二姊也瞞著父親，藉口出差，隨後飛到我身邊。哥和她一前一後來到，中間重疊了一天，這才使得我們兄妹三人難得地再相聚在一起。

哥哥自懂事以來，對我們兩個妹妹就很照顧。這次他來看我，拿出厚厚一疊現金給我。我知道他平常省吃儉用，十分節儉，怎能接受他的厚禮？但他是不容我回拒的。他要我好好照顧自己。

二姊來時也給我一個大紅包，說是給我「壓驚」。平常她也不知給了我和家人多少禮物，卻從不求回報。他們就是這樣地寵我。

時光倒流，童年時的歡笑吵鬧，成長時的相濡以沫和彆扭冷戰，於今都是溫馨的回憶。

如今哥在異鄉奮鬥，已兩鬢斑白，以他嚮往淡泊的性情，免不了會在禪思與現實之間困思擺盪。二姊也獨立堅強地走過了她的辛苦路，一般人只看到她「女強人」的外在，卻忽視了她「一步一腳印」的努力和她溫和善良的一面。

我們兄妹三人於今團聚，共同守著一個祕密，不禁淒然而笑。

再度陷入掙扎

一九九四年八月下旬，又去看贊加里烏斯老醫生，傷口終於可以拆線了。自從開刀以後，我對自己「少了一個乳房」的現實一直不願去面對。尤其右胸貼著厚厚的紗布，一層又一層的，或許竟也發揮了一種「自我蒙蔽」的心理作用，我倒也沒有什麼「失落之感」。

如今，老醫生打開紗布，仔細地檢查傷口，顯然對他自己的刀法和技術感到滿意，直說情況「好極了」。

我躺在那兒，聽到他用剪刀在一點一點地拆線。完工之後，他一邊交代我要開始運動右手膀，一邊和陪著我的老公聊起來。我在轉身穿衣的一霎那，突然低頭看到自己右胸脯已是平坦一片，還有一長條像拉鍊似的傷痕從腋下往下劃去，大剌剌地十分刺眼。我的眼光要逃避已來不及，一時間簡直不知如何承受這「殘酷」的事實……

老醫生畢竟是經驗豐富，即使我背對著他難過，他也能讀出我的感受。只聽到他的聲音在我背後響起：“You are what you are, not what your breasts are!”（你自己才是你，可別把乳房當作你自己。）

．．．

手術這關完成以後，又回到腫瘤醫生柯漢那邊去看他。我急著報告自己手術順利的好消息，他卻對我宣佈了一個令我震驚的壞消息。

他平靜地對我們說，我還有接下去的療程要走。一時間，我簡直無法相信，心想那麼多次的化療已做了，大手術也動了，難道還不夠嗎？

他解釋說，由於我的乳癌已到第三期，光是這樣的治療是不夠的，否則癌復發的可能性相當之高——百分之五十！

百分之五十！換句話說，以後我再得癌的比率竟是高達一半一半？那豈不隨時都活在癌復發的陰影之中嗎？

柯漢接著指出，我有兩個選擇，一是再繼續接受化學治療，一是接受最新的自體骨髓移植。

我不要！我在心中吼著：眞的不要！我受夠了啊！

柯漢醫生顯然看出我的拒斥心理，就開門見山地主動建議我接受骨髓移植，一則因爲再做一般的化療，我身體可能已對它產生抗力而效果不彰，另則骨髓移植可以減低復發率達百分之七十五，而且只需辛苦一個多月，一次做完就好。

他所謂的辛苦一個多月，是指在醫院進行骨髓移植以後，繼續住院四到六週左右，以便醫生隨時監視我的情況。

他體諒地表示，可以給我們一段時間考慮他這個建議，並且介紹我們再去見主持骨髓移植的醫生塔巴拉。他同時給了我們一些書面資料。

在回程上，我一直對老公說：「我不要做骨髓移植！眞的不要做！你一定要站在我這邊啊！」

老公還是爲我約了去先見骨髓移植專家塔巴拉醫生。他要了解更多情況以後再做決定。

通常我們聽到骨髓移植，都以爲那是針對骨癌患者而做的。我不懂如今怎麼連乳癌患者也做這手術了？

研究過資料，又聽了塔巴拉醫生的說明以後，才有進一步的了解。簡言之，爲了希望把病患身體中仍潛伏著的癌細胞徹底消滅，先把患者身體中部分骨髓抽出來冷藏著，再對患者施以最高的化療藥劑到全身去再砍殺一番，然後把骨髓放回患者身上，去重新製造好的細胞來。

這個方法，等於就是「以毒攻毒」，而且簡直是「置之死地而後生」。問題是，在那「以毒攻毒」的過程中，病患的身體也將被打垮，白血球將被化療毒液打得全軍覆沒，身體將變得毫無抵抗力，而各種併發症就可能在這時發生。這就是病人在這段脆弱又危險的時期，必須長期住院，好讓醫生密切監視的原因。

不了解它時，我就已經很害怕了，如今了解以後更覺驚心。我只覺得自己已沒有體力，也沒有勇氣，再去打那麼慘烈的一仗了！

我一心想逃避，藉口骨髓移植手術費太高——十萬到十三萬美金之譜，而且保險公司也因對乳癌患者而言，該療法還在實驗的階段，而不支付這筆龐大的費用。所以，我想自己也不必擔心去進行這項大工程了。

感情用事的我，一心排斥；理智的老公，則在到處打聽，包括請教他的幾位教授級醫生朋友。有一位朋友甚至把一份只限於醫生圈子傳閱的研究報告和資料都一起電傳過來，說明骨髓移植用在乳癌患者的效果是多麼的好。

這些正面的評價對我反而是惘惘的威脅，心裡眞是徬徨不已。白天我還可忙於工作，不去煩惱；到了夜晚眞正面對自己時，就不免掙扎起來了：做還是不做？如果不做，我願意餘生都活在癌復發的陰影中嗎？一旦復發，我還會有存活的機會嗎？做呢？我又得承受一次更嚴酷的考驗，我的身體受得了嗎？我自己又得獨自面對的勇氣在哪裡？何況接受這手術以後，仍然還有百分之二十五的復發率呢！

有時候，我也會苦惱地會問朋友的意見：「如果你在我這情況下，你會選擇做還是不做？」

多數的朋友似乎都難以決定，但也有少數是斷然認爲「該做」的。

有一次，我在西岸的同事王韻傳來一些讀經（聖經）的心得，其中剛好有一句話：「凡事不要自作主張，應問問神的旨意。」

我沉吟著，知道這句話如果是用在一般情況，顯然與現代那種講究「獨立自主」的調子格格不入。然而此時此際，我心深處卻懂得它的道理：人的有限、軟弱和必死，都有上帝的旨意。人，要謙卑。

· · ·

九月初，再去看贊加里烏斯醫生。他要我把右手膀舉起來，看看我鍛鍊的情況是否有進展。我費力地舉著，手膀卻痛得怎樣也伸不直。老醫生很不滿意，警告我再不好好運動，我的右肩將會廢掉！他本來要我每天都靠著牆壁讓右手一點一點地往上爬，直到能夠舉起整個臂膀爲止。如今，由於我的進度緩慢，他就下條子要我去專業復健師那兒去「練功」。

好似我的麻煩還不夠，柯漢醫生又指示我去做放射治療，原因是動手術的傷口有時會殘留癌細胞而導致癌的復發，爲了保險起見，傷口部位仍需再進行放射治療。

癌，究竟是多麼頑強的一種怪物啊！每一步的療程都要做得那麼徹底，以防它隨時再起而攻堅。

我心裡卻也有一種了悟：如果眞有那麼頑強可惡的癌細胞，製造出它們的，恐怕也是人自己吧！

癌的成因究竟是什麼？醫生從來沒有給過我一個滿意的答覆。他們說，這問題至今仍然沒有突破，仍是一個謎。

我也問過，以我已是乳癌第三期的情況來說，到底我患上癌症有多久了。醫生給我的答案是三年到七年之間！這麼說來，癌的形成的確是長期日積月累的結果。

另一方面，許多有關的研究報導，以及不難從書上得到的知識，至少提出了一些可能的成因，包括遺傳、環境因素、飲食習慣或生活作息，甚至不良嗜好如抽菸、嗜酒等；還有一個重要的因素，即可能與壓力和情緒上的鬱結有關。

雷久南醫生的書，就明白指出「癌症與心情關係密切」。她並認爲所有的慢性疾病都與心情有關。她甚至指出，「根據醫學上的了解，人在失去親人之初三個月內，所有免疫力會降低」。換言之，經常性的情緒波動、刺激與矛盾，會對身體造成很大的影響，引發疾病。

我還特別注意到她說到乳癌的那一段話：「在新的醫學領域中，有一門神經免疫學，其中很多資料顯示，得癌症者的個性皆屬於比較壓抑型的人，情緒不易發洩。

「例如美國醫學界統計，女性得乳腺癌者，很多都是脾氣發不出來的，外面人看她似乎一切都很好，是所謂的好好人，什麼事都自己吞下來。」

我默然。或許每個病人自己才了解心中的鬱結是什麼吧，或許這場病也是爲了要我學習人生的一項功課：重新認識自己，也重新調整自己。

・・・

做放射治療是我所有療程中最輕鬆的一環。雖然天天都得去做，但除了每次都得抽血的小煩惱（因爲血管已受損而經常抽不出血來）以外，基本上就是躺著不動，讓傷口部位接受二十分鐘的放射，不痛也不癢。

第一次去時，心裡還蠻緊張的。躺在檯子上，任三、四個醫生對著我平坦的右胸部位品頭論足。其實他們是在研究「放射區」的範圍。他們用尺在我的胸上左量右量地，然後用紫藍色的色筆很專心地勾畫出範圍來。其認眞的程度，就好像工程師在製作建設藍圖一樣。

那以後，每次去就是躺在那裡，讓機器的鐳射光束對準我胸前的「目標區」進行放射。這段時間，醫生都會走出去，留下我一個人面對著那個發出一線筆直光束的機器，我也就放鬆下來東想西想的，有時乾脆打個盹兒。

經過放射以後的皮膚會紅紅的，好像去海濱被太陽烤過那樣。護士建議我用一種油膏 A&D Ointment 抹在皮膚上，說這樣會比較舒服。其他的後遺症包括疲勞等。我則照樣在「跑路」，有時做完以後得去跑新聞，多半時候則是去復健中心做手膀運動。

這復健運動可是另一項考驗，忍痛的考驗。復健師的確有他們的一套方法，不過對我而言，那各種方法的目的好似都是在弄痛你，而且越痛越好。

我的復健師是位健談的女性玲達。既然我的右臂舉不起來，她的任務就是幫我拉也要拉起來。方式則是讓我躺著，她拿起我的右手膀，一，二，三，往上拉，再整個往下壓，我痛得幾乎呼號，她說：「這就對了！」

她還告訴我：「妳知道嗎？我爸也跟妳一樣得了乳癌耶！」

我擦著痛得蹦出的眼淚，忍不住笑了起來：原來男人也會得乳癌。

肩部方面，她會給我熱敷，以期鬆動我那快要僵化的肩骨。到後期，我還得在運動機器上做臂力運動，並在回家以後做一種拉橡皮帶的鍛鍊。

那陣子，我就這樣天天跑兩趟不同的地方去做放射治療和復健運動，體力上是有些吃不消的感覺，但始終沈沈地壓在我心頭的壓力，是我心中還有個重大抉擇要做。

・・・

我減少了畫陶，看書則持續著。一方面，這是因為我感覺藝術也需要沉澱；另一方面，我又拿起林語堂和胡適的書來讀。這兩位文人雅士總是很對我的胃口，每次展讀也總有收穫。林語堂把中國民族的生命比作秋天，映照著我這「哀樂中年」的病中心情，倒也相當貼切。

你看，他是這麼說的：「我們的民族生命眞已踏近了新秋時節……當我們向人生望出去，我們的問題不是怎樣生長，而是怎樣切實地生活；不是怎樣努力工作，而是怎樣享樂此寶貴的歡樂之一瞬。」

他又說：「我愛好春，但是春太柔嫩；我愛好夏，但是夏太榮誇；因此我最愛好秋，因爲她的葉子帶一些黃色，調子格外柔和，色彩格外濃郁。它又染上了一些憂鬱的神采和死的預示，它那金黃的濃郁不是表現春的爛漫，不是表現夏的盛力，而是表現逼近老邁的圓熟與慈和的智慧。它知道人生的有限，故知足而樂天……」

難怪，這位幽默大師會說出「人生，意不在多」這句有哲理的話了。

只是，秋固然圓熟、淒美，卻迴避不了冬的來臨。林語堂在他的人生冬季裡，在他女兒林太乙的筆下，也會經常流淚哀傷。那時的他，是不是也排遣不了人生盡頭那種「殘山剩水幾回頭」的蒼涼呢？

．．．

除了散文，我一向也愛看小說。這些年來因爲工作繁忙，靜下來純然享受看閒書的機會有限。我心中最欣賞的作家，始終是鍾曉陽，那位十六歲就以《停車暫借問》一書而轟動文壇的才女。

如今在病中，重拾她的書，依然感動。

鍾曉陽對文字的掌握，幾已到達鬼斧神工的地步。她是紅樓夢迷；早期作品透露出張愛玲的風格，想必也曾是一位「張迷」。

我最愛的兩個故事，是她的〈二段琴〉及〈哀歌〉。前者寫一個孤伶伶的男孩成長的過程，一路跌跌撞撞辛酸地長大，依然沒有能力保住心愛的女孩而黯然分手。鍾曉陽把兩個孤伶伶的男女即使相知相愛，卻也掩不住一份淒涼的情狀寫得出神入化，你看她這樣形容他倆之間的情緣：

「他要在她的揚琴聲中，把她的一生打得清亮；他已經在他的胡琴聲裡，把他的一生拉得淒切。兩個人生，殷殷頻頻，紛紛繁繁……」

然而造化弄人，他們分手了。她又這麼寫著：「他們之間的空間逐漸膨脹，刮起了大風；那大風，永遠吹在遙遠的想念裡。

「她在自己的患難裡，堅決的摒絕了他。然而是那樣一番苦心腸……而他活著，手長長，腳長長，大大的佔著個地方，活著。」

他的辛酸是這樣被呈現出來的：

「他會想起童年，一天一地的輕灰色，長風滾滾，灰雲蒼蒼的天空，好長好長，沒有盡頭。」

〈哀歌〉是寫她留學美國之時的際遇吧？應是她自己的戀情故事。天下的愛情故事何其多，只是她筆下的情愛沒有如火如荼，更不必呼天搶地，淡淡的回憶卻散發出一股深沉的悲哀。她長大了。

分手後的哀痛，她終究要走出來，爲了「新生」，她又去到他們曾經相戀的漁港，她終於領會到破繭而出的人生苦澀與美好。她這麼寫著：

我望著春天的海洋，就好像見到了你一樣。我想，我終於與你的捕魚生涯合而爲一。我不知道這是否包涵著任何象徵意義，但是，以我名字命名的你的漁船，確實在我心裡化成了一首美麗的象徵之歌。

你出現在我的生命之中，原是爲了陪我走一段路，看著我成長。你離我而去，也只是爲了成全我，讓我獨自承擔自己的生命，體現我在你身上所領悟的一切，清潔勇敢如新生。

現在我不想再見你。我們生存這個世界上，憂喜參半，有更多的事情，分不清其哀樂。讓我們走向各自的方向，無論結果如何，心中不會後悔。

這看似平淡的成長心路歷程，卻總有令我落淚的文字魅力。

我喜歡追蹤這位年輕女作家的成長，因此她每出一本書就必然買來閱讀。從她寫書一路走來的足跡，我體會著她自己成長過程中的苦澀和摸索：

一位才華洋溢在香港長大的少女，到美國去留學主修電影藝術，談了一場青澀卻深刻的戀愛，後來作品銳減，寫了一本我幾乎找不出她過去風格的小說，之後又去到澳洲，在那裡安靜而孤獨地進行英文小說創作，到九〇年代寫就一本《遺恨傳奇》，照她自己所說，純粹只是「講個故事而已」，故事情節是相當不錯，卻是眞的找不到她過去的文風了。

我並不失望，或許她還會有更成熟的作品出來。如果沒有，我也希望她不必受到「盛名之累」的壓力，過得平靜、怡然。

・・・

十月間，柯漢醫生主動打電話給我，像是宣佈好消息似地說道：「妳知道嗎？維吉尼亞州剛通過了法律，保險公司被規定要承擔乳癌患者進行骨髓移植手術了！所以妳可以放心進行手術了！」

是神的旨意嗎？祂一步步在爲我減少阻力，促使我往那個關口走去……

十月底又來到柯漢醫生的辦公室。如今他幾乎是以「堅持」的態度在勸我接受骨髓移植了，但我仍然無法答應。我只知道自己走在這條路上已經好累好累，再要來一次大規模的化療進行一場慘烈的戰役，我已沒有力氣了！

柯漢醫生看我仍然不肯，而氣勢卻已弱了下來，就聰明地表示要走開一下，好讓老公跟我再商量。

我低著頭，聽到老公憂急的聲音說道：「妳知道嗎？我不能讓妳死去，我也不想獨自活著，還有我們的孩子也需要妳，請妳接受這個手術吧！」

走出醫院，我只是不停地流著淚，不停地流著……

「我們在五百年前就是母子」

我的病爲自己帶來了一些難得的緣份，無論識與不識，即使彼此隔著天涯海角，依然能夠相互感應相互珍惜。我爲這樣的世間情緣而衷心感謝。

其中，與陳玉慧的相識像是一則小說故事。她是聯合報系駐德國記者，我倆素昧平生，一天我收到一封長信，開頭就讓我走進一種情境中去：

冉亮：

剛才我洗了頭，那一頭留了十年的長髮，……我走到落地鏡前搖晃我的頭時，就想起了妳；想起今天下午在沙發上看海外版中央日報時看到妳寫的一篇文章，我非常驚訝地得知原來冉亮是位女生！妳知道嗎？看完妳的文章，我哭了，或者說我流淚了，雖然我不認識妳。

我忙不迭地繼續讀下去：

過去，我就曾注意妳的作品，有一次在光華雜誌上讀妳在ＡＰＥＣ採訪時與中共官員問答過招的感想……我記得妳的宅心寬厚，談問題不卑不亢的語氣，我一直很注意妳，也仔細讀所有能在海外讀得到的妳的文章。

然後，今天下午我讀著讀著，就流淚了。……如果這件事也發生在我身上，我如何剪去頭髮或者髮絲一撮撮地掉，我這麼想時突然發現妳多麼勇敢，多麼勇敢啊！我如果是妳，一定不會去訪問ＣＮＮ總裁的，我不會去的，我會立刻躲到一個無人的角落哭起來，或回家或去走馬路一直走到天黑，我就是不會去亞特蘭大……

那封長長的信立刻拉近了我們的距離，友誼從此建立，成爲可以心靈溝通的朋友。第二年她閃電結婚，因爲遇上了「等了一輩子的人」。三月早春夫妻倆就到華府來看我了。

原來玉慧是位頗有原創力的作家，還能編舞台劇。她的血液裡流著藝術的本質，不過做起記者來也一樣出色。

・・・

提起頭髮，故事可多了。

當初，先是讓老公帶我去美髮師那邊，把自己留了十多年的長髮剪成赫本頭。換言之，至少頭上還有兩三寸的頭髮，而且有型，對心裡的衝擊還不大。

然而化療開始發生作用以後，我就面臨掉髮的窘境了。或許是爲了躲避髮絲日漸荒蕪的淒涼感，我決定乾脆去「落髮」。

我的女外交官朋友徐儷文接下了這個任務。一個週末，她和夫婿董國猷兄（也是我在政大研究所的同學）從老遠開車來接我，去她常去的美髮店，而且很體諒的把米娜帶去吃東西，因爲我不願女兒看媽媽「剃光頭」的樣子。

理髮師似乎也於心不忍，剪著剪著就說：「還是給妳留三公分的頭髮好不好？」

但我知道，即使是一公分長的頭髮也將全部掉光的，此時戀棧它們又有何用？咬咬牙，我說：「剃光吧！」

等到頭上涼颼颼時，在鏡中看到自己「做尼姑」的模樣，我咬住嘴唇，盡快地戴上假髮。

老公爲我在醫院報名參加了一個所謂的「乳癌病友互助會」，讓我去聽聽其他同患難病友的經驗。

置身於這個小團體中（每次聚會並非所有的病友都能來參加），對自己在心理上是絕對有正面意義的，至少妳不會再有那種深刻的孤獨感。在這裡，有的病情比妳輕微，有的則比妳嚴重，每個人來自社會不同的角落，不同的背景，然而彼此之間卻有一種「同是天涯淪落人」的相濡以沫的感情。

最特別的是醫院還安排了一個特別節目，顯然是專爲女性癌症病患安排的，叫做"Look pretty, feel better"。在這個聚會中，有專業化妝顧問爲病患提供「美顏」諮詢服務，連化妝品和頭飾都是由一些化妝品公司免費提供的，作爲它們回饋社會的一種貢獻。

誠然，病人並不一定非要有病容，癌症病人也不見得就該放棄修飾，即使生病也要活出一種精神來。

對我而言，這無疑是個靜觀人生的經驗。我寧願悄悄地做一名旁觀的記者，而無意只顧著在臉上塗塗抹抹。

在那個情境下，我看到人的韌性。這一桌子的女人都是癌症病患，心理及身體上不知經過了多少掙扎與折磨，但是她們都已擦乾了眼淚來參加這個聚會：日子總得過下去，那爲什麼不照顧自己一下，活得更有尊嚴一點！

有人塗上一輩子沒用過的眼影，擦上亮光口紅，轉眼間，就是一個有神采的容顏。桌上一頂頂的假髮和帽子，她們也不再羞怯地開始試戴起來。她們的興致逐漸升高，也顧不得自己是光禿禿的光頭，還是那種仍殘留一些凌亂髮絲叫人看著感覺「荒涼」的光頭，開始在頭上玩起來。有人的假髮或帽子與臉型相配，引起一片讚嘆聲；但是，也有人……啊，就像那位中年胖太太，戴起那頂誇張的「法拉頭」假髮，未免太突兀離譜了！

然而，不管怎樣，每個離開那個聚會的病人，精神上似乎都振作多了。

我呢？自從落髮後，就總是戴著假髮或帽子。即使在家人面前，也絕不以光頭示人。不是爲了自己的虛榮心，而是不忍讓兒子傷心。

我兒米嵐那時十四歲，相當懂事敏感。他從小就喜歡媽媽的一頭長髮，那敏感的心靈也一直爲著我將失去頭髮而難過心傷。

從某個角度來說，他在情感上似乎比九歲的妹妹還心軟。但我知道，他的心軟是由於愛媽媽，他是爲我而不忍。

他不知道，掉髮期間，媽媽的眼淚已在枕上流光了，然後媽媽的心會堅強起來，去承受必須承受的。

女兒米娜也貼心，會不時地安慰我：「媽，不要擔心，我不害怕看妳光頭的，妳沒有頭髮還是一個漂亮的媽媽！」

有一天我在廚房跟女兒一起做事，兒子正走過來準備加入，女兒卻突然想對哥哥「惡作劇」一下。她說：「哥，你看！」然後就伸手過來，往我頭上一掀，我的帽子就被抽走了，一個光禿禿的頭呈現在兒子眼前……

我一時無所遁逃，只顧著他的感受。我看到他的眼睛閃過一種想要壓抑住的驚嚇，繼而轉爲一股悲傷的柔情，然後走過來把我擁在懷裡，哽咽地哭了起來。

那是他六歲以來，我第一次見到他哭泣。他怎知道，他不忍看我受苦，我更不忍見他傷心啊！

在旁邊看到這一切的妹妹，眼中也充滿了淚水，直說：「對不起！對不起！……」

她跑回房間，關起門寫了一封信給哥哥：

親愛的米嵐：

我知道你看到媽媽的光頭嚇壞了！有一分鐘我還以爲你只是在假裝，但是當我看到你擁著媽媽哭起來時，我就知道你不是在假裝了！

看見你哭，我的心都要碎了，好像一直往下沉，我好難過！我自己的眼淚也蹦出來了！

我一直把你當作一個超級哥哥，我也喜歡找你麻煩，因爲你好酷！

我現在覺得我自己眞是一個硬心腸的人！我以後會試著聽你的話，這次，是眞的！

對不起，請你原諒我，我眞的很對不起！

愛你的米娜

我感謝上帝，爲了這對兒女。

・・・

有了兒子以後，我雖全心愛他，但畢竟對於母親的角色還沒有經驗，加上得兼顧工作與家庭，十分辛苦，就不準備再生第二個了。

誰想到，兒子三、四歲時特別喜歡跟小朋友玩。那時我每天送他去托兒所上半天的課，就是讓他去參與團體的活動。然而那顯然還不夠。

有一天，我發現他站在窗邊，眼睛看著窗外的世界，嘴裡喃喃自語，反覆地說：“I want a friend! I want a friend!”（我要一個朋友！我要一個朋友！）

我突然難過得湧出眼淚。一個孩子，太孤單了！本想爲米嵐生個弟弟，兄弟倆好做玩伴。沒想到上帝賜給我們一個女兒。這又是一個全新的經驗。但我衷心感謝這份令人驚喜的禮物。

妹妹還是小 baby 時，米嵐對她格外鍾愛。他六歲時爲了逗妹妹，會使盡各種本事以博她一笑。有次我特別給他一個錄音機，讓他錄下兄妹倆玩耍的情形，結果他又唱又跳還有旁白，最後並用頭去頂妹妹的胖肚皮，惹得她哈哈大笑起來。這捲錄音帶就此成爲妹妹的寶貝珍藏。

慢慢地，兄妹倆成長著，米嵐就對妹妹有點醋意了。有一天，他一本正經地要我回答一個問題，而且一定要老實回答才行。

「妳究竟愛我還是愛妹妹多一點？」

「媽媽可是兩個都愛的！」

「不行，一定有一個是多愛一點的？即使只是多那麼一點點，我也要知道是誰？」

我仔細在心裡問自己，仍然比不出高下來，我眞的愛他們一樣多也一樣深呢！但他仍不肯接受這樣的答案，於是我邊想邊告訴他：「媽眞的比不出愛誰多一點，但是媽對你總覺從心裡有一種熟悉的感覺……」

話還沒說完，他已跳了起來，滿臉微笑地過來親了我一下說：「那就夠了！

Great（好棒）！」

多年後我病倒，讀到魏斯醫生書中提到人有前世，而且每個人都有能夠心靈溝通的「靈侶」（不必只能有一個）時，忍不住對兒子說。他肯定地回答我：「媽，我們一定在五百年前就已經是母子了！」

．．．

身爲人母以後，我才恍悟，對一個女人而言——至少對我這樣一個曾經不想要小孩的女人而言，做母親才是人生最高境界的快樂。

兒子才四個月大時，就會保護媽媽了！

有一天，我抱著兒子，老公心血來潮湊過來親吻我，我因爲他沒刮鬍子而叫起來，沒想到在我臂彎裡的兒子竟對著他爸爸發出一連串抑揚頓挫「責怪」的聲音，整個表情就差沒用字句講出來。我們倆都不禁呆住了，他在爲媽媽抗議呢！

老公和我都笑了起來，而我是笑中帶淚的。

米嵐還沒上學以前，我成天帶著他。他爸爸那時自己創業，很辛苦，每天忙到很晚才回來，我們母子就像是「相依爲命」似的。但有時我得出門去跑新聞，只有找褓姆暫時帶他。我永遠記得，在我離去時，他總會把臉貼著玻璃窗哭著叫「媽媽！媽媽！」好似在問我：「妳怎忍心拋下我呢？」我也總是含著淚開車離去。「愛別離」，對我而言，從來就是最難捨也最難忍的牽情。

懷第二個孩子時，我自己不免懷疑地暗自問道：我這麼愛米嵐，還有餘地愛第二個孩子嗎？

等女兒出生以後，或許是我作媽媽的經驗已經有所累積，感覺帶她十分順利，而她也著實是個乖巧的小孩，連她哥哥都不住對我說：「媽，妹妹好可愛啊！妳再多生一個小寶寶嘛！」我再度領會到深愛懷中寶貝的喜悅和幸福，而對小生命甚至有種願以身相許的承諾感！

一天我突然回想起自己當初的疑慮，不禁啞然失笑。原來，母親的愛是無盡的，她可以傾生命之力愛第一個孩子，也可以產生同樣龐然的愛，沛然莫之能禦地同時去愛第二個孩子，乃至第三個，第四個……

還記得一九八九年六月五日，我隨一個記者團從上海飛抵北京。風聲鶴唳中的北京一片死寂與森然。由於北京政府封鎖消息，我們身在其中竟不知道震驚世界的「天安門屠殺」已經發生！待知道情況以後，第一個念頭就是想到家人，想到孩子，我急於回到他們身邊去！

在北京機場，人潮洶湧，我夾在那些外國使館正在撤僑的家屬之中，觸目所及盡是焦慮的臉龐。中國是否又會發生內戰？我們這些人走得了嗎？

機場成了難民營，到處是或坐或臥的憂急旅客，從清晨等到黃昏，又從黑夜熬到天明。在人潮中，我感到舉目無親。每想到孩子，心中就隱隱作痛：莫非這會成爲我與孩子的永別？那份煎熬，令人幾至白頭！

當我終於擠上一班往香港的飛機時，心中真是大大鬆了口氣，而當飛機降落於啓德機場的那一刻，機上爆出一陣掌聲。「自由了！」有人這麼歡呼著。我則一陣激動，一心想要奔回兒女身邊，對他們說：「媽媽回來了！再也不離開你們了！」

這是我最深刻的一次「愛別離」經驗。事後，兩個孩子一聽到「北京」，也都仍會心有餘悸，我則深深感謝上帝在讓我嚐到分離之苦以後，又體會到重聚的值得珍惜。人間至情，莫過於親情吧！

事隔八年，當初才九歲的兒子已經快要上大學了。如今的他急於追求那份屬於「成人」的獨立與自由——當然也參雜了一些幻想。結果反而是他老爸不願意他離家去求學，而要他就近申請學校可以通學，認爲那才是實際之道。父子倆爲了這事還爭論過。

我卻不反對他要「飛出去」。讓他去嚐嚐自由的滋味吧！他應該很快就會發現隨著自由而來的是更多的責任，而且遲早他也要獨立地去闖他的前程的。

其實，打工對兒子已經發揮了一點教育作用了。有一陣子，他在牛排餐館做小弟（bus boy），每天收工時要負責打掃乾淨，然後扛著沈重的垃圾筒將垃圾丟棄到餐館後面高高圍起的垃圾集中區去。

有一次，垃圾筒太重，他沒抓穩，整個筒子就掉進高圍牆裡去。他只有翻身跳進垃圾堆中，把筒子拿回來。

我這做媽的，聽著雖有些不忍，卻也認爲這樣的磨練於他還是好的。

兒子，時候到了，你就振翅高飛吧！愛你，並不是要把你拴在身邊恆常呵護。媽媽會祝福你也支持你，家裡的門永遠爲你開著！

剛上初中的女兒則仍然與我這個媽媽貼心。我們母女倆幾乎無話不談，也總是同出同進，共享著生活中的點點滴滴，有歡樂也有悲傷，有開心也有生氣。但我驚訝地發現，與她相處，於我也是一種學習，學習愛的學問。

愛，是欣然地付出，也是自我反省；愛，是耐心教養，也是要忍得住讓她去體會傷心和挫折……

當然，愛，最難就在分離。但我學到的，是珍惜在一起的時候，而當時候到了，「愛別離」也可以是一種美好的人生體驗。

愛，是一種能力。母愛，更是沒有限度，可以不斷產生更多愛的能量，用不盡也給不完的。

骨髓移植的前奏

時序已進入一九九四年深秋，這一年來的日子眞是不堪回首，萬沒想到我的乳癌被發現時，已是在傳統治療上被視爲「無法醫治」(incurable) 的第三期了。所幸，過去五年來醫學界對晚期乳癌患者展開自體骨髓移植的研究和實驗，在人生旅途上我才有機會再「討價還價」一番。

只是秋風颯颯，就像我此時的惶恐與淒涼愁緒。

骨髓移植手術排到九五年一月，但在那之前還有一連串的準備工作要做。只是自己的心理準備還是不夠，感覺上就好似一切苦難又要從頭來過，而我已沒有力氣應戰了。

然而，每次看到兩個孩子對生活是那麼投入，我就告訴自己：你必須堅強起來。我這母親總是他們生活中的一部分，分享著他們的歡笑或悲傷，成功與挫折……從不缺席。我想陪著他們一起長大啊。

動骨髓移植的大決定，還是由老公告訴孩子的。兒子已經懂事，能夠接受我必須去住院的消息，女兒卻紅了眼眶，憂心地說：「媽，妳不在家，一切都會不一樣了！我每天晚上睡覺前，誰跟我談話呢？」

青春期的哥哥總是嫌妹妹不懂事，對她說：「好啦！我陪妳就是了！媽媽的健康要緊，妳都不知道嗎？」

妹妹還不甘心：「誰陪都不如媽媽，因爲你們講話都沒有媽媽有感情！」

那感情豐富的媽媽已在一旁忍不住清淚滿面了。

・・・

十一月中旬我得先去抽骨髓檢驗，算是展開了一系列的準備程序。

我趴在手術檯上，不知是秋深天涼，還是手術檯冰冷，我打心底感到一種無奈和荒涼、恐懼和怨懟。

塔巴拉醫生一邊準備給我打局部麻藥，一邊回答我的問題。我越害怕就越要問問題。我寧願知道每個我得承受的步驟，好像那樣多少可以減輕我的恐懼似的。

他在我背後尾椎附近打麻藥時，我的眼淚已經奪眶而出，但我趴在那裡不敢動彈。他準備要抽骨髓了，我眼睛一瞥，竟看到他手上拿著的巨大針管，大得簡直像武器，我幾乎爲之虛脫。平生沒見過那麼粗大的針管啊！

然而，我只有繼續趴著，努力試著不要發抖。我用聲音來判斷，大針管很用力地插進我的骨骼裡，那聲音，那用力，竟像是做粗活的工匠。塔巴拉很費勁地在抽著，抽時還咂然有聲，我淚如泉湧，濕透了手術檯上的白布，一塊又一塊。

「抽好了沒有?」

「還要多久啊?」

我感覺自己快要撐不住了……

然而塔巴拉繼續著他的大工程，那吭然響聲直入我心，我也感受得到震動，而且震得我全身發軟。

等到他讓我轉過身來，我看到大針管裡幾乎是濃豔的血，猜想那就是自己的骨髓了，心中仍是悚然。

一時間，我躺在手術檯上竟起不來，眼淚不聽使喚地流著，不停地流著，一波又一波，好似要把這一生的淚流盡似的。我所能做到的只是盡量不哭出聲來。我就那樣躺在那兒，無聲地哽咽著，也任淚水流著……

生病以來不曾在人前哀哭的自持，於今則在醫生面前崩潰了。他見我如此慘烈地飲泣，不解又關心地直問：「有那麼痛嗎？有那麼痛嗎？」

・・・

生活，是不是對人性的一種恆常考驗？而病中的生活，恐怕更是對病人及一起生活的家人的一種嚴酷考驗。

在那段等待動骨髓移植手術的日子裡，我心中的惶惑與不安，顯然不自覺地反射到我的態度中，絲毫沒有察覺，老公長期照料我，以及爲我擔心受怕的那份辛苦，似乎也已到了飽和點。

就在我要去抽骨髓移植的前幾天，我們倆不知爲了什麼突然爭執起來，而且越吵越厲害。明知那種爭執很無謂，雙方卻都不願休兵，直到我說：「我不如死了算了！」他的回應竟是：「那妳就去死吧！」

爭吵就這樣戛然而止。沉默在我和他之間膨脹開來，阻隔著兩個傷痛的人。我告訴自己，再也不要理他了！

婚姻，究竟是什麼？爲什麼周遭那麼多的親朋好友都陸陸續續在離婚？有的人認爲愛情已不存在，只剩下相互怨懟；也有的是個性不合，已到了無法相處的地步；當然也有的婚姻從一開始就是個錯誤，錯到後來只有以分手收場……

或許，每個婚姻都有它的起起伏伏。當彼此相互傷害時，一點美感都沒有了。然而在現實生活中，每個人卻得面對人生的不完美，而需要去相互妥協，相互調整。我儘管傷心，仍然提醒自己，夫妻一場，總還有感情在，何況我這場大病，他對我還有恩情。在人生的旅程上，無論是順境或逆境，有伴侶一路同行，長久相互扶持地走下去，也不容易了。

奇怪的是，當初是爲了什麼原因而吵起來，於今是完全沒有記憶了。爲此我還特別去翻閱日記，偏偏也沒提到吵嘴的原因，裡面只寫下了自己的傷心與忿懣。

那事件過後沒多久，有一天老公竟然胸部絞痛，到醫院以後才發現是輕度的心臟病，而且得住院進一步觀察。我恍悟，生病以來這段日子，他也已忙得心力交瘁了！

人的生命是既強韌又脆弱的，誰都不知道哪一天自己就會走掉。誠然，我們無法控制那未知的。那麼，就讓我們珍惜當下，把握現在吧！

・　・　・

骨髓檢驗結果沒問題以後，下一步還得做另外一項準備手術，再度需要全身麻醉，讓醫生一方面抽足定量的骨髓，另方面也藉此機會在我左胸上方開了一個孔，插進一根橡皮管，醫學上稱之爲Hickman catheter，直接通到心臟上方的一個大靜脈上。

抽骨髓（英文的專有名詞是bone marrow harvest）究竟需要抽出多少並沒有固定的數量，我的印象是醫生說大約七分之一，但我後來看書上說，通常是半加命左右，聽起來好像很多，實際上這數量僅是全身骨髓的百分之二，而損失的這些骨髓經過四週以後還會再生出來。

在醫生眼中這不算是大手術，但等我醒來以後，看到自己胸前連著一根管子，從分叉處一分爲二，形成兩根管子，吊在那兒，頗覺觸目驚心。療程裡這一步步都走得好嚇人，然而如今我已是過河卒子，沒有退路，只有往前走了。

那兩根管子天天跟著我，我也得照顧它們才行：每天要用打針的方式清理，胸前挖孔的傷口也要經常消毒。對這任務，我一時眞是戰戰兢兢，不知所措。

之所以裝置這兩根管子，主要是爲了在骨髓移植期間當作「進出口」要道，無論是抽血、打化療藥劑，還是把骨髓打回到身體，都將使用這要道；尤其在住院期間，病人將抽血百多次，有了這兩根管子就無需再在手膀扎針了。

頭兩天還有護士來家裡教我怎麼清洗我胸前這兩根管子。我緊張得就怕弄錯了任何一個步驟，那可不是開玩笑的。面對著一大堆針管、針頭和藥水，我先得弄清楚什麼藥水是打進紅色管子，什麼又得打進綠色管子，才能防止內部發炎，並保持「管道」通暢。

另外，我還得進行對胸前傷口消毒和換紗布的工作，光是忍受撕扯傷口膠布的疼痛，擔心不小心連管子也跟著拉出的危險，就足夠讓我五內翻騰了。

第一次自己拿起針管時，手明顯地顫抖不已，連我禱告的聲音都忍不住會抖起來。我努力做深呼吸，告訴自己非克服不可。我知道，唯有自己去設法克服恐懼，事情才能操之在己，而這也是一種「自足」（self-sufficiency）。

曾經，有位朋友帶走了我的友情，留給我的則是一句警語：「人，要有能力做到自足（self-sufficient）才好。」

自足，從某個角度而言，是一種獨立，甚至是一種自在；但從另一個角度而言，是否也是一種自我保護甚或自私呢？

然而，此時此際，我必須學會照顧自己。如果凡事假手於人，對人對己都是很大的不方便。

・・・

在這條重新開始的考驗路程上，我步履顛躓地上路，經常要暗自抹去淚水再向前行。感謝的是我始終被友情包圍著，它們不會讓我孤獨地倒地不起。

惠英姊，這位最早帶領我認識主而我卻作了逃兵的朋友，如今寄來長信，毫無怨言，只有關懷：「求神幫助妳。靠著祂，靠著那加給妳的力量，凡事都能做到。」信中還夾了一張兩百美元的支票，要我買維他命照顧身子。

我拾起筆，曾經滄海，又一言難盡，除了回報她我已信主心中平靜以外，也附上那張支票，一切盡在不言中。

紐約的同事袁海華此時已黯然離婚，卻仍記掛著我，來信中字裡行間溢滿關切。她自己是傷心人，卻安慰我：「主深知我們的軟弱與痛苦，祂藉著環境來試煉我們，爲要使我們的生命更加成熟……」

中時晚報的同事鄭桂平心細又體貼，爲了給我打氣，竟在北一女校友會上分發我的病中文章，而且發起「聲援冉亮」運動，令我驚訝不已。

個性和講話都相當細緻的她，是在怎樣的一種情懷下，毅然走出來成爲「發起運動」的領袖人物？她必是有能耐去感受人所感受的，又有能力把愛心付諸行動吧。

校友會上，立刻就有無數的前後期學姊學妹響應起來，還有校長和老師，紛紛給我寫卡片，把溫馨捎了過來。

摯友張英立事後寫信來說：「妳在友情及得到關心方面比別人豐富得很多

……妳已被溫情所包圍，這方面妳獲得的太多了！」

英立自己從知道我生病後就爲我憂心，不但給我買了「十全大補湯」的補藥，後來聽說我開始畫陶，還和鄭桂平合買了故宮博物館的畫冊給我。

桂平自己也在卡片上寫道：「親愛的冉亮，在這個感恩的季節裡，感謝有妳這樣令人喜歡的朋友……」

我更驚訝地讀到她在報社社刊上對我的觀察：

我所認識的冉亮，是在工作上無日無夜，對家國關切則愛深責切，對官員不假辭色，對兒女卻深情溫柔，對自己要求持高標準和超獨立，然對同事朋友的相託則絕對誠心誠意，而且不吝安慰與稱讚。

她是一個外表乾淨俐落會給你壓力，內心卻感情豐富你可以放心傾訴的人。

這樣一個好女人，讓我們祝福她手術順利，早日康復！

有朋友若此，夫復何求。

· · · ·

十二月上旬，又是另一步程序，我得連續三天去抽骨髓中的幹細胞（stem cell）。醫生告訴我，我的骨髓雖然已抽出一部分冷藏著，但在實際上所謂的骨髓移植，多半都是進行幹細胞移植就好，因爲幹細胞在骨髓裡的功能就是負責製造紅血球、白血球與血小板，因此有「血球之母」的別稱。

抽幹細胞每次需要四個小時的時間。我在一個精密的大型儀器前半躺著，胸前的兩根管子如今派上用場，一根負責血液流出，經過那儀器分離出幹細胞，然後血液再從另一根管子流回我的體內。

通常這期間我會發冷，因此他們盡量給我加蓋溫熱的毯子。第一天去做時我相當緊張，不容易放鬆下來。第二天再做時，我就能夠接受護士的建議，看雜誌或閉目養神了。到第三天時，我乾脆選擇了兩部影片來打發時間——《金池塘》與《女人香》。

躺在那兒看電影，我才想到自己平常實在很少享受什麼娛樂，別說電影，即使電視我也不大接近，總是希望把時間省下來看書報寫文章的。如今，我了解，這何嘗不也是一種「知識的貪」呢？

煉獄

骨髓移植手術之前，在台北的二姊決定再來看我一趟，給我打氣，同時也陪我過耶誕佳節。

每次我們姊妹倆相聚，我總是特別開心。二姊其實不過大我兩歲，但母親過去後，加上我病倒，她倒像個媽媽似地照顧著我。來看我時總是大包小袋的東西，從營養補品到隨身聽，從衣服日用品到家用器具，一應俱全。

而且，我們倆無話不談，既分享快樂也分擔憂愁。我知道，在這芸芸眾生之中，有她在，我總不至孤獨的。

記得母親生病期間，幾乎所有的責任都落在她肩上。連絡醫生，討論病情，請護佐照顧之餘，她自己每天下班後就直奔醫院去陪媽媽，還幫母親按摩，爲她減輕痛苦。

比起她的付出，我們其餘幾個兒女真該感到慚愧。古人說：「父母在，不遠遊。」如今我們卻遠在異國，即使匆匆回去探望，所能做的也太有限了。

有一次在醫院裡，我們和一位老醫生談天，他見多了人生百態與生老病死各種情況，得到一個有趣的結論：「在許多家庭裡，往往那些所謂的好孩子到後來都到外地發展了，而最後照顧年老生病的父母的，卻往往是小時後那個最淘氣的！」二姊聽了哈哈笑了起來，我卻感到心酸與內疚。

我心中是充滿了掙扎與不安的，因爲我深知把所有責任都推到二姊一人身上是太不公平了。雖然我們各有各的理由，能否「拋家棄子」回去照顧父母也委實是個大問題，但面對二姊的辛苦，我的心情只會更加沉重。我只有一趟趟地回去探望母親，和二姊「換手」，讓她稍微喘個氣。

我想，我的心結不光是對父母的不孝，還有對二姊的歉疚。

• • •

那陣子我的頭髮已經開始長出來了。畢竟六次的化療已經做完三、四個月，頭上遂開始「春風吹又生」。大概是化療的副作用，短短的小毛髮竟然又黑又捲，服服貼貼地長在頭上，頗似「時代尖端」的男生髮型。

我當然希望頭髮就這樣繼續長下去。它好似具有一種象徵意義，表示一切都在恢復正常中。然而我明白，如今既然要接受骨髓移植，這一頭短髮又會再度掉光了。

手術前那陣子，我努力作心理準備，幾乎天天大都默默與上帝溝通。我知道唯有自己以謙卑的心去接受去順服那該走的路，心裡才會平靜。

朋友李靜芳介紹她的朋友張淑瓊給我，因爲她也患有乳癌，而且還是末期，不久前才做過骨髓移植，我就打電話向她打聽情況。

她或許是不想嚇到我，僅表示住院期間是「蠻難受的」，因爲在身體毫無抵抗力的情況下，病人什麼部位都可能感染，不過每個人的情況不一樣。她提到，她有一位朋友就因口腔發炎乃至於舌頭都爛掉了，而她自己則是發高燒、拉肚子等。她還特別提到，手術之後回家休養期間，她曾經歷過一段「精神沮喪」（depression）的日子。

我也無意想得太多，怕影響自己的情緒。因此每天照樣工作發稿，也看聖經和心靈方面的書籍。到快要動手術時，我已能夠心懷平安與喜悅了。

記得我住院前一天還收到一封台北來的掛號信，打開一看，竟是前駐美代表丁懋時大使的親筆函。他因爲看到我在台北報上的一些文章與專訪，心有所感，所以寫了這信。當時，他以爲我的療程已經走完，要我好好保重身體。

丁代表一向是位行事低調的謙謙君子，個性上也相當內斂，不過他和丁夫人其實是蠻重感情的。

我發病之初，丁代表還駐在華府，多次在電話中給我鼓勵。在我最惶恐的期間，丁夫人是第一個出現在我家門口的訪客；後來又派人送來一個盒子，打開來赫然是一頂羊毛織的紅帽！

她知道我即將掉髮，就把心意送了過來。

那頂柔軟的帽子從此經常跟我作伴。我只有在出門時才不得不戴上假髮。

丁代表也有他善體人意的一面。按傳統慣例，台北駐美代表每個月會給我們這批台北駐華府記者們做一次新聞背景簡報。在我生病期間，丁代表會刻意交代把當月的簡報安排在我不做化療的日子，好讓我能在「正常狀態」下也參加那項會議。

他這份體諒之心，從沒對我說過（反而是別的同業告訴我的），而我內心的感謝，也不會向他表白。這樣的感覺，蠻好的。

・・・

住院前一天，一九九五年一月三日，二姊陪我去醫院先與護士長凱西（Kathy）會談。她仔細解說了骨髓移植手術期間，我所可能會發生的各種狀況。這樣對我來說十分受用，因爲「無知」只會增加我心裡的恐懼。

凱西特別強調，我大可以帶自己的衣服來穿，最好就是盡量試著「過正常的生活」，而且還鼓勵我做運動，那樣有助於身體早日恢復。

她不諱言，對病人而言，眞正最難熬的，恐怕還是被隔離期間精神上的孤獨感。

然而，我像個勇士一般，不願去想那最壞的情況，心想反正可以帶書去病房，應該沒有什麼問題的，可以準備上陣了。

大概是心理建設做得相當不錯，精神狀態也很好，一月四日去住院時自己絲毫沒有病容。當護士推了輪椅來，要帶我去做一系列的檢查時，竟對著我問：「病人在哪兒呢？」

一聽是我，她一副不相信的樣子。我那時還穿著牛仔褲和球鞋，沒有換上醫院給病人穿的袍子。坐上輪椅，一路上被推著去做檢查，連自己都覺得不像病人。

我的病房是一人一間的，設備齊全，包括專線電話、電視機、錄影機，最特別的就是還有一台運動用的腳踏車，目的是讓骨髓移植以後的病人盡量每天起身運動，以強化體力，加速恢復。

我帶到醫院的行囊裡，最多最重的就是書。老公陪我在病房安頓下來後，我就催他去接孩子。我知道，以後好一段日子不可能經常看到孩子了，他們天天得上學，老公除需天天接送（那時兒子在上私立中學，由我們自己負責接送）外，還得照顧一切家務。孩子也有各自的課外活動——女兒的芭蕾課和兒子的功夫課。因此，要等他們三人都湊齊來醫院看我就很難了。

但那時的我不容許自己感傷，一心期望好好面對這個人生的關口。

骨髓移植科在喬治・華盛頓大學醫院是被隔離的，連醫生、護士的進出都要戴口罩，鞋子也要戴上套子，爲的是減少細菌流傳，盡可能地保護「毫無抵抗力」的病人。

・・・

眞正開始給我打高劑量的化療是在一月五日，也就是住院以後第二天。第一天，我趁身體情況還好時，還在病床上先寫了一篇文章。開始打化療後，體力漸漸走下坡，我就開始看書，尤其是一些靈修方面的書。

我知道自己的日子恐怕會越來越不好過。我唯有依靠主，祈求祂帶我走過去。

我的日記在入院三天以後，留下整整六天的空白。那六天是我的煉獄期！因爲在連續打了三天高量化療藥劑之後，我終於撐不住了，幾乎是陷入了痛苦的昏迷狀態中。偏偏那又不是完全的昏迷，至少我的神智仍然清醒，我感到全身酸痛，我嘔吐，我頭痛不已，我口腔發熱，我也拉肚子……

我記得書上說，打入體內的高量化療藥劑將會「毀壞病人健康的骨髓，摧毀身體的免疫系統……病人在這期間很容易受到感染，以及失血過度」。這一切都是因爲我的白血球被打垮後無法抵抗細菌，紅血球也失去了吸氧功能，血小板更是無法凝血而導致失血。

我躺在病床上，任其摧殘，所有的事前心理準備與高昂鬥志竟然那麼快就爲之潰散了！我毫無招架之力，只覺得痛苦得求生不得，求死也不成。我在床上輾轉呻吟著，有時痛苦得兩手在空中亂抓。隱約中我好似看到一位護士坐在床角，不時跳起來保護那些連在我身上的管子……

恍忽中，聽到台北二姊在電話裡傳來的聲音，我就哭了起來，邊哭邊對她說：「早知如此，我寧願選擇死亡！」

才住院幾天，我就已經感覺苦不堪言了。時間也顯然放慢了腳步，走得好慢好慢，而我的苦痛才開始。主啊！往後的日子我怎麼過下去啊？

我全身虛脫，連下床的力氣都沒有。但護士每天早上六點就規定我下床去淋浴（也是爲了減少感染）。我只有坐著淋浴的力氣（浴室裡備有椅子），邊洗邊流淚。

我覺得好孤獨，好孤獨，因爲這一切的痛苦，我都得自己一個人去面對、去承受……

每個夜晚半夜三點，護士又會來扶起我那搖搖欲墜的身子，站到床下量體重。一量完，我就虛弱得癱倒在床上。

我又開始大量掉髮，掉得七零八落，滿頭淒涼。我避免朝鏡子裡看自己。感覺上，我已在一夕之間蒼老了。

我也不懂，在那麼虛弱的情況下，哪來的力氣嘔吐？但我像是出於本能地嘔吐著，吐到後來只剩酸水。我哀哀地對著護士長求她："Kathy, please help me!..."（凱西，救救我！）

我撐不下去了啊！

本來，老公每天必定會帶孩子來看我。等我開始劇烈地對化療產生反應以後（應該也是化學藥劑在殺癌的時候），醫生就建議孩子暫時不要來看我，也謝絕一般訪客。即使老公來看我，也得穿戴上防菌衣鞋才行。

這主要是因爲我正處於一段最容易感染的危險期。同時，我也得接受輸血和打抗生素，來幫我支撐下去。

承受了高劑量化療之後，醫生開始把我的幹細胞／骨髓移回我體內。大約需要七天的時間，幹細胞才會開始製造新的血球。直到足夠分量的白血球、紅血球及血小板都生出來以後，病人才可出院。而這段住院期通常是四週到八週之久。

我繼續苦撐著。爲了怕口腔發炎，我每天必然依照護士的指示，用特別的藥水刷牙漱口。我又不停地拉肚子，任何勉強吃進去的食物似乎都無法被身體吸收。上吐下瀉之餘，我發覺自己幾乎骨瘦如柴了。

我處於與外界隔離的狀態，每天唯一能來看我的就是老公。絕大部分時間，我像個孤魂，哭一陣，又撐著起來走一陣，算是運動。

我好奇，究竟有沒有病人眞的用過病房中那台腳踏車機器！

昏昏沈沈中，我堅持不讓自己發高燒。我全身已如此難受，怎受得了再來一個高燒的摧折？晚上就寢前，護士來量體溫時都會預測：下一步，妳就要發燒了！

但是，我不要讓自己發燒！

在黑暗中，我開始不斷地禱告，不斷地禱告。我記得聖經上說過，主會帶領你渡過死蔭的幽谷。我祈求祂讓我在祂的羽翼下，安然渡過這個關口。

我也祈求母親在天之靈保佑我。此時此刻，我仍然是個需要媽媽護衛的孩子。我身體上雖然相當痛苦，但是精神上我在默默地打仗。我不要發燒，我要熬過去，我一再這麼告訴自己。

護士一次次來量體溫，我竟一次次維持著正常的溫度。我曾好奇地問她：「是否所有的病人都一定會發燒？」她回答得也十分肯定：「沒有人逃得了的！」我在心中默默接下了這個挑戰。

幾乎是帶著感恩的心，我在打著這場戰役。而護士每次量體溫後唸出我的溫度時，就好似一次勝負的揭曉。

終於，有一晚護士量過溫度以後，發現我還是沒有發燒，突然問道："What have you been doing?"（妳究竟做了什麼事？）我虛弱地微笑答道："Just praying!"（只是禱告！）

我打贏了這一仗，感謝上帝。

危險期過去後，我的血球指數終於開始慢慢在爬升了。病房一角有張一個月的表格，護士把我每天的血液指數都登記在上面，好讓我看到指數的回升而爲之振奮。據說這樣對復元也有助益。

我心中又開始興起快速復原早早出院的盼望來。上帝會不會成全我，讓我不必在這裡待上一個月呢？

身體上，我仍然痛苦。胸口的管子總是連著床旁邊的一個架子，架子上吊著維持我起碼體力的養分。每次下床都得推著架子一起行動，我像一個老人，步履闌珊。

孩子們等不及要來看我。在我情況稍微穩定之後，醫生就通融讓他們來，條件是他們也得戴上口罩和鞋套。

我忍著身體上的難受，盡量跟他們像平常一樣地談話，談學校裡的事，談他們的活動，有時他們也陪我看看電視，直到老公帶他們離去。他們一走，又把我的一點快樂帶走了，我撐著到洗手間去哭一陣。

慢慢的，我開始變得很容易餓，想吃東西。雖然有的食物我吃了仍會吐，但總是一個好現象。醫生也總鼓勵我努力加餐。

可以接受訪客時，第一位來看我的是台北駐美代表魯肇忠夫人。當時，我只覺自己的樣子已夠狼狽；骨髓移植後，我的皮膚竟然有發黑的現象。自己發現時都嚇了一跳，趕緊問護士是怎麼會事。她告訴我，這是正常反應，慢慢會回復正常膚色的。

魯夫人聽說我開始想吃東西了，當晚就再度跑來一趟，給我熬了甜的、鹹的湯來，著實讓我感受到雪中送炭的可貴情義。

沒想到化療也把我的味覺打壞了，我只吃得出甜味來，其餘的佳餚在我口中一概是苦味。

結果，無論老公想什麼花樣做了食物給我送來，一心要給我補一補，我都食不下嚥。反而是魯夫人經常派人送來的中國菜餚，我還比較有口味。後來魯代表在電話中告訴我，他們知道骨髓移植後最怕感染，因此爲我熬湯的鍋盤都是特別新買的。這份恩情，我衷心銘感。

住院的日子，是無限的漫長與緩慢。我曾靠在窗口邊，居高臨下，看到外面喬治・華盛頓大學校園裡趕路的莘莘學子，生氣勃勃的青春啊！他們可是趕著去上課，還是去圖書館K書？或者他們正要找同學去看場電影，或是一起去小吃？他們可知道，有個病人正在一個完全孤獨的世界裡，隔著窗子在羨慕他們？我想到自己也曾經能夠健步如飛地跑新聞，以為生命中一切都掌握在自己的手中。青春，就是那視為當然的精力和健康。如今，我經歷了生命的顛簸、病痛的無奈，只能勉強靠在窗前，緬懷那逝去的……

・・・

有訪客的日子，總是比較開心的。

傅建中兄嫂來看我。我身體虛弱，情緒很低，他對我的復原卻比我自己有信心多了。他肯定我一定能康復，重新回到我喜愛的新聞工作上。他還給我帶了剪報和他的譯作來，讓我對外界有一種又聯繫上的感覺。

學長外交官劉青雷也帶了太太做的食物來，見我在休息，就留下食物悄悄地離開了，讓我很過意不去。

老同學邱柏青的太太楊慧如做得一手好菜。她體諒先生，不擾他工作，竟然冒著風雪，自己搭地鐵大老遠地給我送食物來，讓我感動不已。

年輕的同業蔡俊榮（中視）一從台北回來，就到醫院來看我。那天正好是個週末，我身體上已不那麼痛苦；午後漫漫長日，他的出現讓我驚喜。他還帶了書來給我打發時間，還有台北友人的關懷信件和禮物。那個午後，他耐心地陪我聊了一、兩個小時，給我的世界帶來幾許生氣。

那時中央社剛派來一位年輕的優秀記者潘應辰，還沒有安頓下來就已開始在認眞跑新聞了。在電話中我尤其喜歡聽他談談當天的華府新聞，也總感謝他告訴我外面世界的點點滴滴。他本說好週末要來醫院看我的，然而整個週末不但看不到人影，連一通電話也沒打來。後來我打電話給他，才知道他正發著高燒，連往哪裡求助都不知道，就一個人孤零零地躺在公寓裡受著煎熬。

對我這病人而言，聽到這情況尤其不忍。總不能任他一直發高燒下去？躺在病床上，我趕忙打電話給駐美代表處的新聞組朋友，請他們去小潘那裡照應他。結果是中央社同仁韓乃國夫婦跑了一趟，爲他做針灸退了燒。

小潘是電腦通，後來在我寫書過程中，在電腦作業上幫了我很大的忙。

初中時代的老友閻慕瑤人在芝加哥，但我住院最苦的那段期間，她每天打電話來陪我聊天，聽我訴苦。她和另一位初中老友董妍君也分別寄書來，希望給我打發時間。

那些日子裡，我眞的只有以書爲伴。什麼書都看，中英文的都有，從ＣＢＳ主播丹拉瑟的採訪回憶到二十世紀的名人傳記，又從鍾曉陽的散文到倪匡的偵探小說。靈修方面的書更是一看再看，當作依靠。

只是夜裡，我經常睡不著，看書有時也會看倦。偶爾望出去，華盛頓的市區一片寂靜，然而燈火點點，我像一個有家歸不得的遊子，引頸期盼著那萬家燈火的溫暖。

病房裡也靜得很，太靜了——想著自己躺在病床上，也成了這整個靜態的一部分。一個雪夜裡，我突然注意到，就在我的窗前有一株松樹；以前進出醫院經過這裡時從沒注意到，如今它卻就在窗外靜靜地守候著我似的。我看它的樹枝上還掛著白雪，有的枝椏似乎已不勝負荷，但是它依然那樣沉靜堅毅地挺在那裡！挺在那裡！我流下了眼淚……

讀。

於是，我提起筆，歪歪斜斜地寫起來。我一直寫，寫到累時，就再拿起書來

在寫作之中，我又找回了自我。

有天夜裡，那位曾經守在我床角的年輕護士來給我換藥時，突然說：「妳眞是位難得的病人，總是在寫東西或是看書！」

我終於了解，讀書寫作已然是我的宿命，我的安身，也是我的治療！

眞愛是愛到痛爲止的

在那段與虛弱和孤獨僵持的日子裡，我的心靈深處好似總在尋尋覓覓，想找出一些什麼意義賦予生活，我也請求上帝給我指引。

誠然，我可以藉讀書和寫作穩定情緒，甚至可以暫時忘卻身上的痛苦，但 那畢竟只是一種智識上的吸收，我心深處仍有一種虛空之感。就這樣，我陷入了所謂的「精神沮喪」之中。

當我精神沮喪時，總覺得生命的一切都不眞實，名利金錢地位全是空，即使是親人，也不能把握得住；至於眞情，也不過是「問世間，情是何物」的惘然而已。那麼，人其實是一無所有的……而人活著又是爲了什麼？一時間，我對人生竟只是意興闌珊，甚至失去了對生活的熱度。

醫生告訴我，這種精神沮喪也是正常反應，畢竟我經歷了一項大手術，也是項大工程，身體上承受這樣大的衝擊是必然會影響到情緒的。

不過，他樂觀地表示，遲早我會熬過去的。

潛意識中我顯然也沒有放棄，並在心裡繼續地尋尋覓覓。那期間心中常浮現的一個人，竟是德蕾莎修女。我想到她的犧牲和大愛，就彷彿看到一線生命的光輝和意義。

我總記得自己去聽她演講的那次經驗。在華府跑新聞近二十年，眞正對我心靈產生震憾力的就是這位身高不到五呎的修女。

那是在九四年的全美總統早餐祈禱會上，我特別起了大早去採訪德蕾莎修女的演講。

在全場肅靜中，德蕾莎修女站在講台上，人比麥克風還矮，但聞一股沙啞老邁卻中氣十足的聲音，沒有任何客套話，也沒有什麼開場白，張口就發出她深沉的心聲：

> 今天社會上最大的和平毀滅者就是墮胎，因爲那是對孩子的一場戰爭——對無辜的孩子進行殺害，而且還是母親自己動手。

如果我們能夠接受母親殺害孩子，又如何能告訴人們不要互相殘殺呢？

我請求人們，把孩子給我們吧！我願意收容任何一個孩子！

遠在印度加爾各答，德蕾莎修女成立了「孩子之家」，以「收養來挽救墮胎」。她熱切地說道：「我們既照顧母親，也收留嬰兒。你們是否知道：那些嬰兒帶給他們的養父母多少的愛和歡樂啊！」

她的大愛不限於孩子，對風燭殘年的老人也一樣關懷。

我永遠忘不了去老人院的經驗，他們雖擁有各種東西——食物、冰箱、電視、電話……但他們每個人都對著門口張望，沒有人臉上有笑容……他們因爲被自己的家人遺忘而傷痛，他們當然笑不出來！

這種愛的忽視就會帶來精神的貧窮。

她沙啞的聲音在全場迴盪著：「眞愛是愛到痛爲止的！就如同耶穌爲了愛我們而承受痛苦一樣……」

全場聽眾都站了起來，掌聲不絕。連支持墮胎合法的柯林頓總統夫婦也帶著幾分尷尬，動容地起立向這位老邁的修女致敬。

「眞愛是愛到痛爲止的！」我不斷咀嚼著這句話，深覺這是一句多麼美又多深的詩句。

・・・

漸漸地，我的電話、訪客和傳眞多起來。我當然歡迎這些溫暖的感覺，不過心裡還是一心期望早日出院，回到家中。

這似乎又是一場自己心中祕密的一戰。

我的各項指數開始穩定地上升。每天一早，我開始有了新的盼望：等著護士把我的各項指數寫在牆上的「成績單」上，看看是否比昨天有進步，然後等著醫生出現，好問他：「我可不可以提早出院？」

醫生對我的進展當然頗感高興，但是他也有所顧慮。因爲像我隔壁的病人，就是出院以後遭到感染而又被送回醫院來的，所以一切還是謹愼爲宜。

我心中不斷地祈禱著，祈禱著早點回家。牆上的「成績單」也爭氣。就像自己小時候總是拿著漂亮的成績單回家一樣，如今我在醫院中也是一個「好學生」，各種指數都呈現穩定上升的趨勢。我好感謝自己的骨髓那麼快就開始幹活，忙著在生長新的白血球、紅血球，還有血小板了。

終於等到了那天。醫生告訴我好消息時，我顧不得自己的虛弱，興奮得歡呼起來。我高興地叫著：「啊！可以回家了！可以回家了！謝謝你，醫生！」

這次住院整整三週，比醫生預期的足足提前了一個星期，也比書上說的四到八週情況要好多了。塔巴拉醫生難掩欣喜之色地告訴我：「妳又破了一項記錄！」

老公陪我出院那天，同事鍾辰芳（華視）剛好返國述職回到華府，馬上跑來看我，陪我打包一起離開醫院。

車行在華府街道上，我竟有種似幻似眞的感覺。我終於又接觸到外面的世界了。回到家，一景一物盡是親切，冬陽穿過窗戶照進來，如金色的靜，只覺歲月靜好。

同時，報社余範英發行人的信件、中國時報總編輯黃肇松他們送來的花籃，還有朋友的卡片和傳眞，都放在桌上。我坐在客廳的地毯上，享受著這些溫情。雖然我仍極度虛弱，但我不想馬上又去躺下。我只是靜靜地坐在地毯一角，環視著久違了的景物，直到淚水沾滿了臉龐。

・・・

住院期間，一位病友露易莎（Louisa）主動打電話給我。她也得了乳癌，而且也是第三期，需要動骨髓移植手術。我們素未謀面，卻因著這共同的命運而成爲電話朋友，而我比她先一步做骨髓移植，因此可以多少傳授一點經驗。

她的運氣不佳，或許是健康保險公司不夠好，以至於她整個療程走得極爲辛苦，幾乎每個程序都要跑一個不同的地方，不像我幾乎所有的程序都集中在一家醫院。更不幸的是她動割除手術那一關，醫生竟然沒有拿乾淨，而仍有殘留的癌細胞在腋下，結果只有趕緊進行骨髓移植手術。

我爲她長嘆不已！所能做的卻有限，只能一再給她打氣。出院後我把一本靈修的書趕緊寄給她，因爲它曾在我住院期間帶給我力量，也幫我信靠主。

出院回到家那天下午，接到朋友高資敏醫生的電話。對於我如此快就出院，他感到十分驚訝，一連問了好幾次：「妳眞的已做完骨髓移植了嗎？妳眞的已經出院了？」

我不懂他何以那麼奇怪，他才告訴我：「反正妳已出院了，我就不妨告訴妳。某某人的太太情況跟妳一樣，但是她沒能撐過骨髓移植這一關，在醫院裡就過去了！」

我聽了不禁倒抽一口冷氣！我只有默然感謝上帝，讓我畢竟走了過來。

・・・

經過這場戰役，我是撐了下來，但我絲毫沒有勝利的感覺。我甚至無法爲自己就此走完了全部療程而欣喜欲狂。我告訴自己，我該高興的啊？何以我的情緒仍然如此低沉而脆弱？

我也不是不知感恩。上帝眷顧我，朋友支持我愛護我，親人更是守著我不離不棄。然而，那種空虛甚至萬念俱灰的感覺依舊侵襲著我，是那種昆德拉筆下承受不了的「生命之輕」。

我從來就是一個樂觀的人，而且總對生活抱持「希望」，也總覺得「有希望」是件美好的事。過去聽人家說什麼「情緒低潮」時，總覺不很明白。然而，自從母親過世，我對人生的悲苦體會較深以來，到如今自己與死亡擦身而過，我才眞切地體會到什麼是「精神沮喪」。

我開始懷疑人生。我不知道人每天這樣活著與忙著的意義是什麼？我也找不到自己生命的著力點。

人生一場，不過是「到頭一夢，萬境皆空」啊！

我的體重掉了二十磅，輕飄飄的像個影子般在家裡盪著。我完全沒有力氣，只能扶著牆壁一步一步拖著走。

我努力地找事情做，從臥房走到客廳，又從客廳走到書房，試著給盆景的植物澆水，或是拿起報紙來閱讀……一切動作就像是電影片中的「慢動作」，偶爾還需「停格」——停下來喘氣，我實在是太虛弱了。

就這樣，我開始了另一程的掙扎。而這一次，是要克服自己精神上的沮喪，重新擁抱生活。

・・・

在這一程路上，我該如何感恩，爲那些令人動容的朋友所給予我的力量，生命的力量！

一位摯友特別爲我在菩薩面前許了願——以他自己的生命折壽三年來換回我的健康！他說過：「我交朋友，就是交一生的。」

女兒的芭蕾舞老師麥克琳夫人（Madame Solange Maclean）總把我視作她的「中國女兒」，經常送來溫暖。尤其她親手縫製的禮物，無論是披風，還是圍巾，那一針一線，於我都是恩情。

好友艾俐在台北給我來信，總是爲我禱告：「想到妳在生病，又想到妳做化療的痛苦，常常晚上會哭起來。一直在爲妳禱告。我相信上帝聽到大家爲妳禱告的聲音，加上妳本身身體健朗，意志堅強，我覺得這點妳父母很有功勞，從小就給妳很大信心……」

她也覺得我可以許個願：「對上帝說，妳願意爲祂所用，不一定是做傳道人，只是奉獻我們的生命給祂，爲祂而活……」

艾俐，我懂的。

中時同事曹郁芬從台北來，特地來看我。我們談得投機，更珍惜那短暫的相聚。她欣賞我的陶藝，後來竟買了一本《景德鎮陶瓷大全》給我，讓我一睹中國大陸現代陶瓷的作品，令我手不釋卷。她在書頁上寫著：「希望妳在這個新天地裡，活出一個新的夢。」郁芬的體貼，令我感念不已。

認識父親在榮民總醫院的主治醫生高克培主任也是緣份。當初，二姊送了一本我的書《十年經貿煙雲》給他，沒想到他趁有一次開會時偷看起來，而且一看就欲罷不能，讀完以後竟視我爲「爲國家在第一線的戰士」。

我回台期間曾特地去拜訪他，請他多照顧父親，他一口答應了。

我病倒以後，他得知消息，也幫著我們一起瞞著父親。他雖不是我的醫生，仍寫信過來給我打氣，還要我「爲國珍重」，令我啞然失笑。後來，我們成了通訊的朋友。在字裡行間，我也體會到高醫生的文采和傲人的風骨。他在一封信上寫道：

「很高興您又開始工作和熱烈的生活了！您的新聞報導我是看了很多，（您的）人生的領悟，我想由於工作特殊又大病一場，想必更是精彩。

「在台灣此時此刻，情義俱失。您們未忘記我，令我感動。不過您不要放在心上，我只是在適當的時候做了醫師該做的事。……對人盡心，對己盡情，則無悔。我一定會盡心的，您放心。」

工商時報老友彭垂銘兄（社長），更是義正辭嚴地對我說：「以妳對報社的貢獻，應已擁有報社的生命股，誰要說妳什麼，我就跟他拚了！」

還有鄭優總編，當時雖然已經離開報社，卻始終關懷我。有一天，他在上班途中意外地從收音機聽到我接受訪問談時事，當晚就打電話來，興奮之情溢於言表。

那天我在日記上有這麼一段：「鄭優來電說，聽到我的廣播對談節目，中氣十足，他好高興，還說每次看到我的文章就很感動。有這些朋友，是我的福氣。」

鄭桂平也經常打電話過來和我談心，那天講到我抽骨髓的淒慘情況時，電話那端就傳來她飲泣的聲音，我也差點無法自持。

桂平總會把我的近況告訴晚報的同事，又在報系社刊上爲文呼籲同事給我精神支援。

晚報成立以後，改變了國內新聞競爭的生態。有些新聞往往是由晚報先揭露，比第二天的早報要早了大半天，因此晚報也有它新聞性強的特性。

我就那樣在海外開始幫忙起晚報，經年累月地倒也做了不少有意義的報導和獨家新聞，與晚報同事建立起密切的伙伴關係，只是彼此之間多半都是「電話或傳眞朋友」。

病中，晚報同事識與不識者都寫了卡片來，紛紛給我打氣加油。其中與我素未謀面的鄭弘儀在卡片上的話格外令我動容，尤其是那句：「我要妳早日恢復健康，也要在報上三不五時地看到妳的報導和文章……」他那語氣顯然是不容我退縮或軟弱。

他還主動在報系社刊裡寫了一篇文章談他「所認識的冉亮」，也提到給我寫卡片的事：

我挑了一張超級紅的卡片寄給冉亮，給她祝福。不久後冉亮回信說：「在醫院中苦撐的這段日子裡，不知道多少次感到絶望和放棄，而你的卡片卻帶給我振作起來的勇氣，尤其我們素昧平生，你卻不吝給我打氣，這豈是一個謝字所能言盡……」

看了信，難過得幾乎掉淚。從字跡裡看得出冉亮回信時並没有多少力氣；內容中也約略感受得出病魔對她淒厲無情的折磨……

弘儀兄，謝謝你。你一切可好？

還有那許許多多在華府的朋友，也隨時在給我做後盾。我想吃中國菜時，總是有朋友給我送來。宗駒兄親自包的餛飩、「女強人」林達的蝦餃，味道鮮美，帶給我幾許驚喜；「女性主義者」的寶慶捧著鮮花和買來的菜餚來陪我一起用餐；乃國兄嫂不辭辛苦地教我練氣功並為我進行針灸調理；還有儷文、Sunny、玉娟、冬菊輪流帶菜給我。我需要覆檢時，也有朋友（老公不在時）放下一切陪我去醫院；我心懷憂懼時，更有一批朋友為我禱告，我因著禱告的力量而學會把一切交給主，無所掛慮。

程建人老師已官拜外交部次長，在訪問中南美途中幾次來電給我打氣。他曾告訴我，他在中學時也曾面臨生死大病，使他很早就看開了人生，如今他的哲學是：「對人生，一定要看得開才不會自找苦吃，但是又不能看得太開而失去了生趣。」

出院沒幾天就是中國新年。我躺在床上，一室冷清中虔誠祈禱，求上帝賜我新生，我必更加珍惜。

電話響起，竟是柏瑞琪和曉慧從上海打來的。他如今已經成爲美國駐上海總領事了。感謝他們仍然記掛著我，並且與我約好兩年以後華府再見。

大年初三，接到台北報社董事長余先生、余伯母和余小姐的電話。顯然他們一家正團圓著。余先生告訴我「年初三是回娘家的日子」，而他們那裡也是我的娘家，要我次年（九六年）一定要回去看他們。

另外，錢復夫人田玲玲、章孝嚴、王建煊、許柯生、鄭文華等等官員也都捎來問候，給予鼓勵。錢夫人甚至託人給我送來了台北「都一處」的燒餅！

出院後仍繼續保持與病友露易莎的連絡，我佩服她在療程中遭逢諸多不順而仍信靠主。萬萬沒想到的是，她走完那崎嶇難行的骨髓移植過程，並恢復正常生活後沒多久，竟突然過世了！

台北同事林馨琴在電話中告訴我，她有一位病情與我一樣嚴重的朋友，不願接受西醫治療，而選擇了中醫的自然療法，結果也在那陣子過去了。

這一切，如何解釋？無語問蒼天。

或許，是上帝的慈愛、親人的恩情以及朋友的友情支撐著我，讓我走了過來吧！

重回前線

出院回家後的那段日子，我的情緒始終低落。是個週日上午，我躺在沙發上不願無所事事，就拿起華盛頓郵報來看，看到一篇談美國與中共關係的大塊文章。整篇文章雖無新義，但其中有一句話卻引起我的注意：美國國防部剛完成一份「鄧後中國」的研究報告。

這短短一句話已足以刺激我的新聞觸角，就決定不妨打聽一下那份報告的下落，運氣不錯竟給我問到了。但那時以我的身體狀況，當然無法開車去拿，只好找信差快遞到家裡來。

收到後發現是厚厚一本，我馬上開始閱讀，認爲頗有報導的價值。如果是在平時，一定會跳起來發稿；此時我卻遲疑起來，因爲我實在還相當虛弱。但又不願報社錯過這個報告，於是我先決定打電話回台北報社請示後再說。

總編輯肇公（黃肇松）對這份報告很有興趣，而且希望還是由我處理比較好，然後他歉然地表示：「說來好像在剝削你，你才剛出院，不過這是美國國防部第一份這樣的評估，我們不但需要，而且可以把整個版面都給妳，妳量力而爲好不好？對了，一個版面的字數大約是八千字！」

放下電話，我楞在那裡。八千字，我寫得出來嗎？我的體力受得了嗎？

然而，情況至此，自覺已是一個責任，就開始動工再說吧，能做多少是多少。

我半躺著開始作業，身子仍太虛弱，身旁放著一個盆子好讓自己隨時嘔吐。我看見自己寫出來的字歪七扭八的，筆力也弱，心想編輯看這稿子可要相當吃力了。

然而，寫著寫著，我突然發現自己反胃和嘔吐的現象竟完全停止了，專注於工作竟可以影響身體上的反應。這無異再度證明，寫作對我是可以產生療效的。

我總是一碰到新聞工作上的挑戰就會忘我地投入。我既喜歡那種循線追索的挑戰，也喜歡在研讀別人思想、看法中猶如與作者對談的交流。這種工作性質，於我是一種心智上的喜悅。

而那次的任務，我是先消化全部報告以後爲文介紹，再摘錄整份報告的重點，另外又費了些工夫連絡上主持那份專題報告的專家，做了訪問來配合，自覺應該這樣才算周全，算算竟也寫了整整十六頁的稿紙（每頁五百字），總算不辱使命。

台北報社對這個獨家報導顯然感到滿意。事後總編輯還告訴我，那天剛好聯合報在大做對馬來西亞總理馬哈迪的訪問，「還好，我們有你的獨家撐住了局面！」

中國時報董事長余先生再度給我來信，說道：「你對報社多年的付出你在病中還能隨時採訪獨家特出的新聞想到你在病床上倚枕一篇篇的寫稿我們眞是憐愛交併……報館那裡去找這樣可愛的兒女。」

我記得很清楚，那次報社還特地發了一千塊美金給我作爲獎金。

同事吳鈴嬌後來在《新聞鏡》週刊也特別提到這件事：「不可思議的是，冉亮在她最痛苦地承受病磨時，依然沒有或忘記者的本色，只要是新聞，她就承擔。……更過份的是，骨髓移植後，她又從華府寫了一整版美國國防部的中國報告，消息刊出，舉國震驚，更震驚的是她的師長、同事和友人，『冉亮怎能？』……」

然而，無論是台北報社間的競爭所掀起的漣漪，還是同業之間的迴響——其實隔得那麼遠，也不容易感受到什麼興奮了。

多年來我已習於對自己的工作負責，盡量設法把它做得深入完整。對自己而言，這既是挑戰也是歷練。有時想想，自己似乎像個新聞工作上的「苦行僧」，不斷地尋覓，不斷地讀寫，也不斷地把資訊傳回國內。同時，在這過程中，我也跟著在吸收、思考和成長。

・・・

雖然已經出院回到家中，我左胸上方仍然還吊著那兩根管子。它們跟著我也有兩個多月了，會不會已經與我的血肉長在一起了？

去醫院拆管子那天依然是亦憂亦喜：只因為拿掉管子，整個療程才算真真正正地走完；但想到上次動割除手術後，醫生硬從我體內抽出管子的情形，又不免緊張。

我躺在醫生面前，看見他拿起一枝鉛筆，開始把我胸前的橡皮管繞在鉛筆上時，我就暗自心驚，知道不妙了，他是要藉助那鉛筆作為槓桿的……

果然，一陣巨痛，他在用力拉扯那似已黏附在我身上的管子，但是沒有成功；再來，他用了更大的力氣拉扯捲著管子的鉛筆，我只感到胸前一陣撕裂的痛，火燒似的痛，管子給拉出來了！

解脫代替了痛苦，我安慰自己：出來就好了，出來就好了，反正這是最後一次了！

看著自己傷痕累累的上半身，尤其是動了割除手術的右邊，成了眞正的皮包骨，不得不佩服老醫生拿得眞乾淨，什麼都拿走了，只剩下皮膚，因此我的一根根肋骨清晰可見。表皮上斜刷而過的則是一條長長的傷痕直到腋下，然後是右下方一個洞口似的疤痕，那是抽出管子時留下的，如今左胸上方靠近頸子的地方又添了一個新的洞口疤痕……

這一切傷痕，換回的是自己的一條命。

記得有次去史密松尼亞博物館聽演講，聽完以後與一位美國病友邊走邊談，她坦然地對我說：「其實我們得到乳癌已經相當幸運了，因爲缺少乳房，並不影響我們身體的行動或功能，但如果是少了手或是腿，甚至肺或肝的話，那才是眞正的不幸呢！」

這話經常在我腦際出現。我雖坦然接受了一切，心中卻總是感到傷痛。倒不是爲身體上的缺失，而是對整個過程所生起的一種滄桑之感。這位病友的達觀令我折服。是啊！我已夠幸運了，活下來以後的我，終究可以行動自如，作息如常人，還有什麼好抱怨的呢！

在我動完割除手術住院期間，就有義工出現在病床前，教我如何運動手膀，而且還提供我一些關於義乳的資訊。

「義工」的精神總是令我感動。這些經歷過乳癌的婦女，一個個重新擁抱了生活，而且還抽出時間來對後來的患者做「無償」的付出。我看著眼前這位胖婦人，心中滿是感激。

如今，我用上她那時給我的資料了——有關「義乳」的資訊：有什麼型式、品牌，到哪裡去買，以及查詢保險公司是否也償付或補助這筆「昂貴」的義乳費用等等。

在手術之前，醫生也總會告訴乳癌患者一些做「隆乳手術」的選擇，也就是在割除手術之後馬上由美容醫生進行「義乳」或「隆乳」手術，包括從腹部取材來填補缺失的乳房，或是安置「水袋」或「矽膠」。

我對這些聽來就害怕的額外手術，從一開始就敬謝不敏。我不在乎少一個乳房，寧願日後戴上義乳。對我而言，那是最簡單而不必擔心副作用的方式了。其實，我眞正害怕的還是那種要挖自己腹部的肉去補胸部的手術。我覺得不必再去多挨上一刀；我也不放心「灌水」或「矽膠」隆乳法，怕日後有不良的副作用。

當我打起精神到大百貨公司去買「義乳」時，看到了女性服裝店裡形形色色的服裝。恍忽間，我感覺到自己似乎終於又開始對日常生活感到興趣了。何不給自己添件新裝呢？女兒也在一旁聳恿：「媽，妳去試穿，我會幫妳看哪件好看的！」

那時正是春天，店裡擺設著各種款式的服裝，春意盎然。我拿了件長花裙去更衣室裡，才發現自己眞的瘦了好多。過去生病以前總是穿八號的衣服，如今則從六號試到四號，儼然成爲「小號身材」了。我不知是該高興還是難過？

絕大多數的女人都喜歡瘦，我也不例外。但如今我這一身清瘦也未免付出太高的代價了！

然而，無疑的，我的心情是開朗多了。好似我過了好長一段灰色的日子，如今生活中竟然可以出現彩色了。更重要的是，我的心頭減少了一個沉重的負擔：再也不需要進行什麼治療了！

牽著女兒的手走在陽光下，心頭突然一陣感動，我摟緊了女兒說：「媽好愛妳啊！」

就這樣，我慢慢地走出 depression，也逐漸融入到正常作息去。到五月時，盡管我體力仍弱，已過著越來越忙碌的生活了。

・　・　・

一九九五年五月九日那天的日記所顯示我日程的緊湊，讓我自己都感到有些不可思議：

「中午開始寫專稿給週刊到兩點半，中間又趕著發了參院決議案的消息回台北（李總統訪美案），下午接了孩子，又趕緊打聽眾院的附加法案，還利用空檔畫陶，完成一個花瓶。晚上發稿時，台北晚報又來電，要我再配合新聞寫一個分析特稿……下午還順便去了一趟圖書館，借到了 *The Lover* 那本法國英譯小說，電影《情人》拍得不錯，但想看看作者的寫法。」

那陣子之所以如此忙起來，主要是由於台北政府正在全力推動李登輝總統返回母校康乃爾大學。那期間，美國政府和國會在此案上相互較勁，形成一種拉鋸戰，把我們這些記者可忙壞了。只是工作再忙，我還是難以忘情我的陶藝和對文學的心儀。

六月上旬，李登輝總統訪問康乃爾大學，我不想錯過這個歷史性的事件。在衡量自己的體力情況應可勉強應付後，便主動要求去出差「配合」採訪。

・　・　・

在我還無法出門跑新聞的那段日子，我藉著看書也一樣能夠做訪問和寫稿。當時使我相當感動的一本書，就是華裔作家雲菁以英文寫的《憫愛大師——證嚴》(*Master of Love and Mercy*)。

雲菁筆下的證嚴法師，從出家前到成爲大師以後，總是一份清淡的氣質。這位身形瘦弱的女尼，竟能夠領導著四百萬信眾在全球各地散播愛和慈悲的種子，實在令我折服。如今世上受惠於她的貧民與災民已不下兩百萬人。

我也爲台灣出了這麼一位「平凡的偉人」而感動。她能以無比的願力帶動許多人——其中不乏工商鉅子、政府官員以及知識分子——深入民間，以實際行動付出關愛，打破社會上奢侈傖俗的風氣，爲台灣呈現出沉潛與溫馨的一面。

而多年前，法師未出家前，割捨塵俗之愛的心靈掙扎，更是令我感動。

在我心中，經常會出現這樣的一個畫面：

二十出頭，留著一頭長髮的王錦雲（證嚴出家前的本名），是鄰人眼中的孝女；而孝女心中卻有一份了悟和掙扎。

她了悟到自己眞正要追求的，乃是幫助眾人的大愛。然而她苦於無法使家人了解並接受她出家的心願。

於是，每次離家，每次被母親的淚水和堅持帶回來。她不曾反抗，只是默默地希望母親能逐漸理解女兒的苦衷。最後一次出走，她走得好遠也好辛苦。但母親無遠弗屆的愛，還是找到了她。台東車站上，乘客爭先恐後地推擠，母親被擠上了車，錦雲卻沒有。車開動以後，母親才看到站台上從人潮中走出來的女兒，淚流滿面地向她揮著手……

就這樣，王錦雲走出了塵俗「愛別離」的苦，而走進了悲天憫人的大愛世界。

後來總編輯肇公在電話中問我：「妳是不是佛教徒？還是由於妳自己對生命的體認？這篇文章我看了，寫來眞有感情！」

文章見報後，第一個反應來自《新聞鏡》的總編輯湯海鴻大兄。他從台北傳眞來說：看完妳的文章後眼中滿是淚水，感動自己的文章才能感動別人。

湯總編從不吝惜給我鼓勵，每次接到我寫給《新聞鏡》的文稿，也必定會回音表示已經收到或是給予評語。這種溝通對一個作者而言是十分可貴的。

那篇文章，也使我與一位慈濟義工何美頤結了緣。美頤高中念的也是北一女，只是那時彼此並不熟識。如今她已是投資顧問公司的老闆，卻與夫婿顧肇基一起奉獻出自己的時間和愛心，默默地做著善事，包括在台發起捐贈骨髓的活動等等。後來暑假中，他們一家來到華府看我。我們一見如故，燈下長談良久，令人難忘。

・・・

有一天，我難得有一個完全屬於自己的晚上，老公帶著女兒去欣賞俄羅斯來的職業芭蕾舞團表演。這種讓孩子多接受藝術薰陶的活動，好在有他經常在費心，有時我也會加入，但今晚我只想悠閒地在家獨處。

說獨處，也不完全是，因爲兒子和他的朋友也在，只是他們有他們的歡笑世界，我有我的寧靜天地。

我邊整理剪報，邊翻閱著檔案。偶然間看到一張熟悉的相片——美國前參謀總長聯席會議主席鮑威爾將軍。

他是我走完全部療程以後第一位專訪的名人，也是多年來採訪對象中少數具有「魅力」的一位；不是那種「政客型的政治魅力」，而是一種「純然的，人的魅力」——眞誠，自信，穩健，而又善體人意。

與他面對面談話一小時，加上把他的傳記從頭讀到尾，對這位父母來自牙買加的貧苦少年爬到今日的地位，心中又是了然又是佩服，同時也感覺他似乎有那種把光熱散發出來的能力，讓人感到光明與高潔。

他也是位感情豐富的人，那使他更顯得有人性。當我趁夜深人靜開始寫他時，想著他的人生點點滴滴和他的眞誠流露，「鐵漢柔情」一詞就自然地浮現出來。

這也使我想起與其他一些人物的訪談所曾帶給自己的悸動。比如美國的「中國通之父」費正清（John King Fairbank）老教授，一位當年台北視之爲「親匪」的學者，多年後我們之間卻能那麼坦誠地溝通。我好似代表著一個來自台灣的心聲，與他侃侃對談。在那近兩小時的談話中，我們也得到了可貴的交集。

後來在中央日報海外版上得知，新聞前輩于衡先生竟將那篇長長的專訪稿影印了五、六十份，帶到學校去當教材，討論採訪寫作。

費正清這位在哈佛大學首創美國「中國研究」的教授，筆下擁有一種難得的文字魅力。研讀他的學術寫作，我竟然讀到感動，驚佩於他的文字素養及他對中國的一種恆常的愛。

華府的著名經濟學者柏格斯坦（C. Fred Bergstan）是另一個我難忘的採訪對象。當年我在台灣受到美國調整匯率壓力的時期，曾去訪問這位智庫的主持人。那時我才知道，即使是深奧難懂的經濟專業議題，他都有本事講得引人入勝。我始終記得在那個寒冷的傍晚，我滿懷充實地開車回家寫稿的心情。

後來聽說，文章見報後當天就爲趙耀東部長拿到立法院去發言，而柏格斯坦對美國財政部的影響力也始終存在著。事實上，台北最後終於採取匯率自由化的重大措施，柏氏扮演了催生的角色。

對我來說，最難得的是，柏格斯坦是位少見的溝通能手。我經常去聽他主持的國際經濟研討會，爲的是去「享受」學習的經驗。他的言語表達能力，曾經讓我幻想爲莎士比亞戲劇中的獨白，舞臺上的聚光燈集中在他一個人身上。他講的東西聽眾未必都懂，但欣賞他那獨特的表達本身，就是一種享受。

如果有一天我能放下日常的新聞工作，我願意做一名專訪人物的記者，不必是大人物，平凡的小人物也很好，總希望能把這大千世界的眞人眞事鮮活地寫出來。

・・・

進入暑假，與孩子相處的時間又多起來。如今的我，除了感恩，就是珍惜。六月三十日的日記上，我寫道：「下午給孩子烘烤點心，看他們滿足的吃相，我也享受著愛他們的福氣。」

套句作家張愛玲的名言：「因爲懂得，所以慈悲。」我的體會則是：「因爲懂得，所以感恩。」

感謝上帝讓我活了下來，感謝每一個新的一天。爲孩子做點心是幸福。與家人燈下共餐的平凡，於我也是心滿意足。在院子裡與花草共語是福，能夠一筆筆地畫陶，更是種純然的喜悅。

多年來，我對社交活動總是不大熱中。孩子還小時，自己就訂下一個原則——只參加中午的聚餐，晚上的時間則盡量留給家人。

如今孩子大了，我的尺度也跟著放寬。只是孩子依然親我，我也有「戀家」情結。每逢晚上有聚會，我總是第一個起身離去的人。

記得有一次老公出城在外地，只有我和孩子在家，剛好同業間有個歡送外交官的晚宴。我人都已經出門了，卻想到自己那麼匆忙地把孩子放下就走，心中竟是一陣不忍。於是一個轉身，又開車回家了。晚宴中沒有我不會是缺憾，然而對我這個大病初癒的人來說，「回到孩子身邊去」才是最強烈的渴望，而且我也更寧願享受孩子們的歡呼。

風聞有你，親眼見你

生活越來越忙，尤其是李總統訪美以後。那時，不僅台海兩岸關係驟變，美台關係也陷於低潮，美中關係更是爲之倒退。

忙碌不已中，台北傳來一個我個人的好消息：我竟以第一高票被報系同仁選爲「最佳員工」。這是報社成立四十五年來的一項創舉，讓所有同仁公開票選，被提名的候選人也剛好有四十五人。結果聽說是在工商同仁的鼓吹拉票下，讓我贏得了這項殊榮。

我很驚喜，也感謝報社同仁對我投下的「同情票」，那是他們給予我的鼓勵和支持。只可惜，這項榮譽，我依然無法回台去領受。我的體力仍然衰弱，無法承受長途飛行的旅途勞頓。

輾轉中，我收到報社給我的精緻獎座和一件楊英風大師的雕刻作品「月恆」。我極珍視這份詩意的紀念品。

這件雕刻作品的意含，說明書上這樣寫著：

月光乘著風翼施施打來，道盡靈動之美。華支春滿，天心月圓，月華以陶然忘機的圓融之姿隨永恆共宛轉。

・・・

一九九五年九月間，父親在電話中表示希望我回去一趟。或許他心裡不解，何以我這么女兒已經兩年都不曾回去看他了。

不過他絕不怪我。儘管我聽說他情緒不穩，有時會生氣，甚至哭鬧，對於復健也不積極；但我打電話回去時，他總是對我抱著體諒的心。在我追問下，他才會告訴我，有時候看護嫌他煩，不理他，他更為自己的一切都得「求人」而痛不欲生。

想到他行動完全受限，躺在床上，哀哀呼叫，卻沒人理會的情況——他或許是想上洗手間，或許是需要吐痰，也可能是肚子餓了，看護卻故意不答理——我就忍不住掉淚。他是我的爸爸啊！

我也不能全怪看護；雖然他們收費很高，但照顧病人確實是件辛苦的事。父親完全不能行動，身體又重，搬動他是件很吃力的事，好些看護因此請辭。

高克培主任來信說：「對一個患了退化症狀的病人，最需要的先是『同情』，然後才是『鼓勵』。如果次序相反，效果就會很差！令尊的病就是這一種。我想，先『同情』可能較好……」

感謝他對我們家屬適時的提醒，因爲有時我們這些子女似乎眞的是偏重了鼓勵，忽視了同情，而父親心裡需要的卻正是我們的了解和體諒啊。

謝謝你，高醫生！

有時候，醫生開藥會開重一點，好讓他情緒平靜下來，他卻又會受到副作用的影響，頭腦混沌不清起來。

有一次，他一口咬定看護拿走了我給他的七、八千塊稿費，看護矢口否認，事情鬧得很不愉快。二姊告訴我以後，我馬上打電話去安慰他。他哭著對我說：「這是妳辛辛苦苦寫文章賺來的錢，我怎麼不難過？我也不是捨不得錢，我痛心的是，爲什麼今天的人這麼不誠實啊！」

我一邊勸他，錢去了還可以再賺回來，一邊心裡卻對他百般不忍。

有次讀到一位美國老報人（羅德島州大報 Providence Journal-Bulletin 社論版編輯兼專欄作家 Brian Dickinson）寫的文章，提到自己患了一種神經萎縮的病症ＡＬＳ，不但失去了行動能力，到後來連說話的能力也被奪走。他全身唯一賴以和外界溝通的地方，就只有一個還可動彈的手指頭了！

而他竟然就靠著那一個指頭繼續寫作（在特殊軟體裝備的電腦上一點一點地拼出每個英文字），一篇文章寫完，要耗去他十五個小時的工夫！

我讀著他病情惡化的心情寫照：「我發現自己已不能再繫鞋帶了。不久，我又發現自己顫抖的雙腿沒有力氣上樓了！……我冒出冷汗，知道自己患了ＡＬＳ，它正擴散到我身體中成千上萬的運動神經細胞中，一路摧毀著。我想大叫出來——對那些在實驗室中做研究的人，我想吶喊，懇求他們趕快加緊研究！加班也好，熬夜也好！趕快啊！趕緊找出辦法來吧！」

我掩卷哭泣，爲這位老編輯，也爲自己正在受苦的老爸！

然而，老編輯在受盡煎熬以後，仍然能夠重新面對現實，而且還能對生活產生新的體會來——對友情珍貴，對家人團結在一起的喜悅，對戶外的新綠，甚至對莫扎特的天分，都有了更新的領會……

他留下的「勸世警言」是那麼動人：

要珍惜當下，把握住現在啊！
年少輕狂時，總以爲來日方長，
然而轉瞬間，青春已不再。
所以，把握今朝吧！
寬恕，微笑，散步（趁你還能夠時），
分享，欣賞，跑步，
教導，學習，信仰，
體諒，探討，給予，
還有，別灰心，遊戲還是得玩下去的！

爲了老爸，我撐著也要回去看他一趟。

九六年初，我終於帶著女兒一起回台。

兩年不見，父親更蒼老了，人也縮小了。他定定地望著我，微笑起來說：「怎麼想到剪短頭髮的？沒想到妳短髮還蠻好看的！」

我也微笑地回答：「年紀到了嘛！不能留一輩子長髮吧！」

其實，我在長途飛機上就生起病來。經過那麼多化療摧折的身體，抵抗力畢竟不如以前了。我嘔吐，呼吸困難，體內有器官在發炎。我被空中小姐安排到頭等艙去躺著，但我不讓她們驚動了熟睡中的女兒。

所幸飛機上有旅客是醫生而且還隨身攜帶了抗生素，這才幫我渡過了難關。

我坐在輪椅上被推出機門，心裡終於鬆了口氣。畢竟我撐著回來了。

那陣子，我們父女重溫往日情懷。我和他聊天，學二姊一樣幫他按摩，推他出去一起吃小吃，聽他訴苦，也給他打氣，我又覺得他還是那個我熟悉的老爸了。

但是，我不習慣他咳個不停，老是需要吐痰，有時甚至咳得涕泗縱橫。我受不了時會跑開，設法按捺住自己的反胃。我自嘲，自己根本連盡孝的能力都沒有啊！

記得幾年前身體情況還可以時，也曾在醫院照顧老爸。那次他因爲頸部神經受到壓迫而突然癱瘓，動了大手術以後在醫院休養。那時的我雖然也不習慣，但我還是在一次特殊情況下，爲他在便後擦乾淨屁股。

如今，我竟連爲他清理喉嚨都不行了……

然而在他面前，我仍是個健康的女兒。背著他，關心的二姊會催我隨時休息。

爸爸是一個非常不喜歡也不能適應住院的人。他一生身體堪稱健康，不曾住過醫院，人到老年第一次住院竟是接受相當嚴重的頸部神經手術。他清醒以後，並不了解自己的嚴重情況，躺在病床上一個勁地要回家，任誰都勸不了。他只覺得在醫院是躺著，回家後他也可以躺著，爲什麼我們不聽話讓他回家。他甚至對我們發起脾氣來。

後來還是二姊和醫生嚴正地告訴他這個大手術是多麼的嚴重，他才安靜下來。

我始終懷疑，他那次運動神經突然被頸骨壓住可能與他一次意外摔跤有關。爸退休後喜歡四處走動，常常穿戴整齊去上街。他總是搭公共汽車來回。有一次，他上了車，連站都還沒站穩，司機就馬力一加向前衝去，導致老爸當場摔倒，幾乎站不起來。

我聽了，心裡非常傷痛。那個司機不但沒有停下車來，甚至連聲「對不起」都沒有。那個時代沒有什麼立委民代可以申訴，秉性良善如老爸這樣的老百姓，受到委屈和不公，往往只有自認倒霉。

那時我還在上大學，心痛的不僅是父親受到這樣的對待，更心痛的是爲什麼在我們的社會裡，人與人之間是那麼冷漠甚至粗魯。我可以想像，許多公車司機根本不喜歡自己的工作，總是帶著怨懟之心去上班，那還談什麼「敬業樂群」呢！

沒想到，那次大手術以後，父親還是患了柏金森症，四肢的活動能力明顯地日漸退化了。

．．．

相逢是爲了又會分手？還是分手是爲了下一次的重逢？

然而，我心裡明白，以我的體力，再要一趟趟地長途飛行是不容易的了！就爲了這層明白，臨走前，我肝腸寸斷。

那天早上，我陪他躺在床上，和他說了好些話。我希望他不要再憂傷下去，把苦痛交給上帝，順從祂的旨意。我也請他內心要堅強起來；看護可以照顧他的身體，但只有病人自己才能照顧自己的心……

他坐著輪椅堅持要送我到樓下大門口。我摟緊了他，努力不讓自己哭出聲來。在他耳邊，我再次提醒他，請他一定要堅強起來，好讓我放心！

他老淚縱橫，對我鄭重地點頭。這是我們之間的約定。

．．．

父親似乎眞的做到了。那以後，他的情況慢慢轉趨穩定，至少他的情緒穩定得多了。或許他終於與自己的病情做了妥協，上帝也讓他碰上了一位有經驗也有耐心的看護黃朝旭先生。他作息正常起來，也規律地每天去做復健。情況好時，在黃先生協助下，他也可走幾步路了。天氣好時，黃先生還會推著他出門去外面逛逛。

爸爸的柏金森症之所以能夠沒有惡化，反而還有進展，精神上也從消極轉爲積極，除了二姊無微不至的關照之外，黃先生悉心照顧他的日常生活也是功不可沒的。或許這也是他們之間一種難得的緣份吧！

九六年耶誕節期間，我找了藉口對父親說，可能要過年才走得開。到過年時又推說了別的理由不能回去。他總是體諒而善良地接受我的託詞，沒有怨言。

實際上的我，體力仍然沒有恢復，而且體質也變得脆弱，抵抗力顯然仍不夠。孩子們如果在學校被傳染而患了感冒，他們在家休息個兩、三天就沒事了，而我卻會因而病倒，在床上發起高燒，動彈不得，不但身體痛苦，精神上也會陷於苦悶之中。

我極不喜歡這種病懨懨的情況，所以基本上我在飲食上相當注意，也開始使用一些天然成分的營養品，包括蘆薈與維他命等等，對身體似有一定程度的幫助。

我本來以爲，既然體力不夠就不妨多休息，讓自己慢慢養好。但是幾次重感冒卻像得了大病似的，使我開始懷疑起這個方法。

我買了美國暢銷多時的一本有關健康的書——《八週強身之道》(*Eight Weeks to Optimum Health*)，作者是位精通西醫卻回歸到自然療法的魏爾醫生（Dr. Andrew Weil）。讀了這書以後，我豁然開通，原來健康是與運動息息相關的！

我竟以爲自己體力仍弱，就該多休息，等養好了以後再活動；殊不知，魏爾醫生一再強調適量運動的重要性，因爲運動不但可使全身氣血通暢，而且可以增強體力。運動也並非是要那種劇烈的運動；相反的，他指出，無論是病人或是身體健康的人，走路才是最好的運動。

魏爾醫生提出了一整套的八週計畫，涵蓋了飲食、運動，乃至於心靈方面的注意事項與調養，其基本理念與雷久南醫生的身心靈理念幾乎完全契合。

我發現，國內暢銷的《腦內革命》一書作者春山茂雄醫生的理念也如出一轍。他強調，誘發腦內革命的三項要件就是：冥想、飲食和運動。

我又去買了魏爾醫生的另一本書《自然痊癒》（*Spontaneous Healing*）（他前後已出版了七本書）。這本書所著重的心理對身體之影響（mind/body approach），也帶給我很大的衝擊。藉由他的說明，原來就已存在我心中的疑惑終於獲得解答。

我曾提到一位日本的癌症病患，在經過最初的震驚以後大澈大悟，調整了自己的生活形態。他認爲癌症是自己造成的，癌既已成爲他身體中的一部分，他就要好好地與這癌「和平共處」。這種心態使他能在寧靜中改變自己的日常作息，在日升之際打太極，日落之後拉小提琴。他開始享受人生，而癌卻自動離開了他。

不可思議的是，我發現在魏爾醫生多年研究「心理／身體關係」的許多個案中，也有這樣一個極爲類似的實例，而且他也得到一個結論：全然接受自己生命——包括自己的重病，反而會改變身體內在的反應，首先是自己內心會得到平靜，其次是自己在心理上毋需再處於「對抗與作戰」的狀態，而這種「內在轉型」（internal transformation）竟有一種自然痊癒的能力。

魏爾醫生指出：「通常這種轉型的發生與患者心靈上的覺醒或臣服於一種更

高的力量（應該是宗教信仰吧？我想）相關連。」

多麼地神奇啊！我分析自己得病以後的心靈轉折，不覺中不也正經歷了他所說的「內在轉型」？在那過程裡，我對自己的身心徹底檢討，也有所悟，我也走向主，我相信祂讓我生病定有其意旨，我接受，我順從。

同樣的，父親痛苦掙扎之後終於接受自己的病情而情況轉趨穩定的事實，不也顯示了「內在轉型」對身體所產生的影響嗎？雖然他或許不是經由認識主的途徑，但他內心的某種覺醒，卻體現在他終於坦然面對自己的病情之上。

我承認，就病人的心情而言，這種「妥協」的過程是有幾分淒涼與悲哀的。然而，一旦能夠全然接受病痛乃至死生的事實，心靈上眞是可以豁然得到解脫的平靜與喜悅的。

原來，人與生俱來就有一種「自然的治療體系」（想必就是免疫體系），能夠自我診斷，也能夠自我重生。這「自然痊癒」的能力並不是奇蹟或幸運，而是需要我們去好好照顧與維持的，而這又需要體現在每日的生活中，包括對飲食、運動與心靈的適當重視上。

這位出身於哈佛大學的正統醫生並不排斥傳統的西醫治療，而是主張把傳統醫療與「自然療法」結合。他這種「革命性」的醫學觀終在九〇年代的今天，受到美國大眾的重視，這從他的書在暢銷排行榜上久居不下即可見一端。

莫非這是人類的宿命，總要在經過「東方與西方」無數的爭議之後，才能得到「中西合璧，互補互益」的智慧呢？

有一天，教會的牧師來看我，講到耶穌信徒保羅的故事。聽著聽著，心裡受到很深的感動。保羅原是飽學之士，一心想要侍奉上帝——經由自己的智識去侍奉主。直到主對他顯靈以後，他才頓悟，信仰主要「是要有一顆純淨的心，而不是但憑理智」。

耶穌說：「那有純淨的心的人有福了，因爲他們將會看見主。」

我想到自己在骨髓病房的那段日子，尤其是接受高劑量化療以後，陷入痛苦的深淵之際，只知道一心一意地禱告。我用整個靈魂與上帝對話。我的軟弱，我的痛苦，都在祂掌握之中。我沒有抱怨，只祈求祂讓我有能力去承受，去成就祂的旨意。

我也反覆讀著舊約裡的《約伯記》。比起約伯，我的苦算得了什麼？我最喜歡的一段文字，就是在經過一切苦難磨練以後，神與約伯進行對話。約伯說道：「我所說的，是我不明白的，這些事太奇妙，是我不知道的。求你聽我，我要說話；我也要問你，求你指示我。從前我風聞有你，現在親眼看見你……」

「從前我風聞有你，現在親眼看見你。」我爲這句話深深感動著。我也早已風聞主，雖然我沒有親眼看見祂，主仍讓我感受到祂的存在。我禱告的時候，就是我與祂心靈溝通的時候，就和約伯一樣，「我所說的，是我不明白的……求你指示我」。然後主會用實在的事情來回應我，來啓發我。是否主知道我對祂有著一顆「純淨的心」呢？

「信仰，不是用來解釋人生的，信仰，是要來承載人生的。」我所需要的只是一種承擔的勇氣，我順服主的意旨。

牧師又對我說：「基督徒要能對生命的苦難平靜地接受，也優雅地接受。」

我想我可以做到平靜地接受。優雅？在我備受煎熬之時，恐怕也無能爲力了。然而，我確實體會到，一旦自己能夠心平氣和地接受苦難的事實，順服主的旨意，一種平安喜悅之心就會油然而生。

那眞是一種美好的感受。

・・・

生病以後，休養的日子裡，我心中升起一股日漸強烈的渴望：我想換個居住環境。我多次對老公提起，「我好想搬家！」

我並不是篤信風水，但我奢想著能住進一棟陽光充裕、空間很大的房子。我暗自祈禱：「主啊！如果您認爲我 deserve，就請讓我這夢想實現吧！」

爲了省錢，老公決定在我們多年前買下的一塊山坡地上自己建築我們的新居。這可是項大計畫。他忙裡忙外，統籌一切，從設計到監工，從打地基到架起鋼筋棟樑，我則一點一點地看著新居的進展。最令我開懷的，正是大客廳中那許多玻璃窗門，完全可以讓陽光潑灑而入。我愛陽光，覺得它象徵著生氣，也象徵著健康！

我開始走向戶外了。自從九六年底搬家以後，院子大了許多，剛好供我踏青遊走。

久違了，樹林！久違了，小花小草！且讓我把你們欣賞個夠吧！我喜歡在院子裡種花，那種像在撫養一個小生命的珍惜感覺眞好，而對著它們自然地講話，看著它們成長開花，更是心滿意足。

想起垂銘兄曾經對我說過，接近自然時，不妨打光腳踩在泥土上感覺一下。如今我聽了他的話，體會著與土地相親的貼近感……

是啊！土地像白然之母，毫無私心地承載起一切。你耕耘它，種下什麼它就長出什麼，永不求回報。人們即使任它荒蕪或是踐踏它，它也不會抱怨。這是何等的胸懷！

我一趟又一趟地走著，第一天不過走了十分鐘就累得喘氣，那時才知道自己的體力是多麼有限。但是第二天、第三天，情況就稍微好一點。我不間斷地每天到戶外去走，漸漸就不覺得那麼累了，走路的時間也跟著延長。

記得有一次開車經過一片廣闊的青草地，看到一個三、四歲的小男孩在奔跑著。那近乎一望無垠的草原，襯著那小小的奔跑中的身影，竟令我興起無名的感動。他多幸福，有這麼大片的土地讓他奔跑，陪他長大呀！

我最愛松樹。當初蓋房子時，我們就堅持要盡量保留那些古木參天的老樹。如今它們挺立在院子裡，心裡格外珍惜。

松之美，不只因爲它們居寒冬而長青，更因爲那蓊蓊鬱鬱的枝葉扶疏，予人一種大塊之美感。院子裡還有一株藍色的針松，整棵樹眞的發著藍色的光彩，就像一位披著藍色披風的佳人臨風而立。

夏天的腳步走近時，我們開始打聽住家附近游泳池的開放時間和入會價格。在豔陽下走一會兒就已滿身大汗，或許游泳不失爲清涼之道，何況醫生也認爲游泳猶如「水中散步」，是一種極好的運動。

在水中的世界自有它迷人之處。我總是專心一意地向前游著，耳中只聽到手撥水面的聲音，自成一種韻律，心中也清澄明靜起來而念念分明。

就這樣，爲了鍛鍊自己的體力，我重新擁抱了運動，而且樂此不疲。

但願，但願下回過年時，我的身體眞的已經夠強健，能夠承受得住長途旅行，好讓我飛回台北的家，對父親說：「爸，我回來了！」

後記

是個星期天，心態上自然會放鬆下來，至少早上可以多睡一些。只是起來以後，生活依舊忙碌。

老公一大早就已在院子裡忙著幹活了。我照顧孩子吃了個早午餐後，女兒回房去做功課，我和兒子難得有機會準備一下他的大學入學考試ＳＡＴ，然後他匆匆出門去「打工」（在購物中心一家男裝店當起銷售員來）。等女兒做完功課，我又帶著她去爲同學買生日禮物，然後送她去同學的生日派對，等著擁抱她的是朋友之間共有的興奮情懷。

回家途中已經可以感受到秋的涼意，只是如今的我不再感傷。曾經，在我車中的世界裡，我會爲了解不開的心結而流淚，也會隨著來自家鄉的歌曲而傷懷莫名。如今，走過滄桑，總算領略到「也無風雨，也無晴」的心境。

一路上，兩旁的樹林中開始出現了點點橘紅，那種還屬豐盛的紅，而不是快要枯萎的褐黃。天空漂起了濛濛細雨，我又一個人清靜下來，享受著一份寧靜。

卻突然想起昨天《新聞鏡》湯總編來電話，告訴我歐陽醇老師得了胰臟癌，已經住進加護病房……

莫非，老師已經走過人生的秋季，如今就要走向盡頭了？我默禱，請上帝不要讓他受苦。

曾經在一篇文章中讀到老師對人生的滿足：自己熱愛新聞教學工作，而且妻賢子孝，家庭美滿，尤其兩個兒子先後進入哈佛大學，一個學法，一個唸醫。有一天，他走在路上，竟坐在路邊的椅子上，默默地對老天爺說：「太好了，這一切已經太好了！請不要再給我什麼了！……」

他懂得珍惜，也已擁有了難得的圓滿。這一生，是值得了！

歐陽老師從不掩飾對我的愛護。多年來我們天各一方，但他總是不斷地與我通訊。從當年的郵寄到後來的電傳，每封都有他對新聞寫作的重視與品評，以及一顆熱誠的愛心。

這些信我始終保存著，點點滴滴和片片段段中勾畫出我們之間的一份「師生情」。比如——

一九九一年八月二十四日：

那天與天下雜誌資深編輯刁曼蓬談起專業記者的採訪報導，她特別提起您說：我非常歡喜閱讀冉亮的具深度和有新聞時效性的稿子。我也喜歡妳寫的稿子，祇要在中時晚報和（中國）時報上刊載的，我都注意。尤其您在中時所寫的專訪，不僅是內容佳，更顯示您是位勤奮的記者。十多年來在華府，都保持如此敬業負責認眞的態度，令我深感榮譽。

一九九二年八月四日：

自中時晚報看到您訪寫的新聞稿，認識您的友人與同業都感欽佩。不論誰是美國下任總統，中美關係還是國人最關心的。我們要看的就是冉亮的採訪報導。

一九九四年五月三十日：

康復明寄來您在（中時）社刊上撰文，我看了多遍，拿回家去，夏穌（師母）邊看邊流淚，我的心情也沉重。您是如此勇敢地面對人生，增加我們對您更多的欽敬與喜愛……放下一切，寧靜安心地休養治療。上帝會保佑您。我們眞的好愛您。

一九九四年七月九日：

今接到您的來函，了解您的近況。您在中晚和中時撰寫的新聞，我都見到，每次也極重視。有關美國對台政策逐漸改變的資訊，台灣的讀者也是從您的報導中首先獲悉。這裡有數十萬讀者在看您的電訊……這次您生病，我決定轉載您在中時社刊的文章，並寫下自己的觀感，社會友人間的反應確實令人感動。楚崧秋先生從《新聞鏡》得悉您的訊息後，立刻寫來一個筆函，說冉亮是今日不易得的好記者，希望她早日康復。數日後，我們見面，楚先生又關懷的問及您的近況……

一九九七年六月十八日：

親愛的冉亮，一口氣閱完〈寫出新聞的生命感——美國年度最佳新聞寫作得主的經驗談〉，是篇最佳的教材。《新聞鏡》非常希望刊出類此實採兼具理論啓示的報導。介紹這類文稿，您是最佳也是可以身作則的人選。謝謝您在忙碌中爲《新聞鏡》寫稿。

這也是歐陽老師寫給我的最後一封信，沒有多久他就離開我們了。我若有所失，因爲往後我再也收不到他隨時給我指教也給我鼓勵的信函了。還有，那字裡行間流露的關愛，總是讓我心中溫暖，也爲之感動。

．．．

回到家，老公已歇工，正在廚房準備點心，我也跟著享受他的歐式點心。炒蛋是加了牛乳炒出來的，蕃茄一片片地切好生吃，灑上橄欖油和香菜，紅綠相間，外加烤麵包。

窗外的雨密密綿綿的，從窗戶望出去，院子裡的樹木都成了雙影。餐廳連著客廳，那許多落地式的窗門，讓屋外自然的亮光傾瀉而入。我總愛那份明亮與空敞的感覺，即使在雨中，也別有一番情調。

我當然不會忘記我的每日一課——游泳。換上泳衣，我又出門了。

俱樂部今天的車子特別多。到了室內泳池，才知道剛好碰上小學生游泳隊來練習。所幸俱樂部總會留下三到五個泳道給會員，否則像我這種需要天天游泳的人就糟糕了。

平時我總盡量在中午左右去游泳。早上剛好是台北的晚上，報社編輯找我連絡多半都在這時段，無論是追新聞或是做專題，總是在忙碌緊湊中度過。下午兩三點學校放學以後，泳池又多半被中學泳隊的男女學生佔據，我在他們旁邊游泳頗有點壓力感。因此，我寧可選在中午幾乎沒有人的時候，逍遙自在地來來回回游個三十趟。

今天可巧，竟然碰上大約五十來個小娃娃（五歲到十歲之間）游泳隊員來練習，這可更熱鬧了。

這些娃娃泳將佔滿了十個泳道，我就在他們緊鄰的第十一個泳道。他們人數過多，因此需要好幾人共用一個泳道。當老師的哨音響起，但聞水聲躂躂，好不熱鬧，放眼望去整個泳池就像有一群活蹦亂跳的蝦子似的在奮力前進。是怎樣的生命力啊！

這時我竟想起一頓「難忘」的晚餐來。那是有一年回台，報社同仁請客的場合。他們刻意歡迎我而安排了一道「活蝦」的菜。只是我在美國多年，早就成了「老土」，從沒見識過這樣的場面，看到活生生的蝦子被酒澆身（用意在使它們成爲醉蝦），就已滿心難過，而當它們被悶在鍋裡用火燒時，我聽到它們「活蹦亂跳」地掙扎，更忍不住五內翻騰了。我幾乎哀求地請同事手下留情。我是吃不下去了。

沒想到如今看到這些娃娃奮力游泳，竟聯想起蝦子的故事來。只是如今看到這群小蝦活蹦亂跳，我是滿心歡喜的。

不一會兒，教練又叫他們開始游起蛙式來。於是嘈雜的踢水聲戛然而止，但見每個泳道出現一個個起伏有序的頭來，好像潛水蛙人就要偷渡上岸了……

我自己一邊游著，一邊也在觀賞他們的行動。這雖是一個泳池，卻也是兩個世界呢！不管他們那邊有任何動作，都不會影響到我的泳道來，還眞是井水不犯河水的。

唉呀！這會兒他們又游起蝶式來了，小小的身軀前仆後繼地衝起又潛下，水聲又沸沸揚揚地喧騰起來，對比著我和緩有序的撥水聲，就好像我夢遊到了小人國，他們正在歡天喜地開著嘉年華會，而我則興致高昂地隔著樹林觀賞著這小人國的大千世界！也好像我的鄰居小朋友都敲鑼打鼓地跑到街上去湊熱鬧了，唯獨我留在家裡隔窗看著熱鬧。

我就這樣游了三十個來回以後，離開了那熱鬧場景，心滿意足地踏上回程。我去游泳本是爲了鍛鍊身體，從一九九七年夏天開始天天去游，卻越游越喜歡，越游越有心得。游泳，又何嘗不像在人生的旅途上行走，有人走得辛苦又枯燥，也有人走得風險迭起而掀起高潮或幾至滅頂，當然你也可以走得踏實卻又悠游自在。

就這樣，我從夏天游到了秋天，從戶外游到室內泳池，而且即使是在這陰雨的天候，我也不願缺席。因爲我發覺自己的體能已從弱不禁風游成精力充沛了。

當冬天來臨，相信我仍將踏雪而行，來享受我的每日一泳。

再記：那許多要感謝的人……

生病以後，如果不是家人的全力支持，以及報社長官、同事，和朋友的眞誠關切與鼓勵，我是一定走不下去的。

尤其在友情方面，我眞是始而驚訝，繼而感動，終而感恩。它們像是許多溫柔的小溪，各自把關懷和祝禱流進我心田，小溪逐漸匯聚成寬廣的大海，承載著我的脆弱，安撫著我，告訴我：不要怕，也不要氣餒，我們都在陪著妳一起走這條路！

我甚至在想，是否上帝要讓我藉著這個苦難的經驗，去領會自己有多麼幸運？剛得知患了乳癌時，由於驚恐過度，我幾乎陷入一種麻木狀態之中：外面的世界忙碌紛擾依舊，天地也照樣運轉，我卻是一跤跌進無底的深淵中，飄浮著。

報社發行人余範英小姐本來要派我出差一趟，我只有說出無法受命的理由。之後，善體人意的她不時打電話過來，叮嚀我要找最好的醫生，也耐心地與我談心。我卻陷在一種好似快要滅頂的悲哀中，一時簡直無法振作起來。然而我仍能領會到，她是爲了要陪我走那一程。

在我黑暗的世界中，台北同事的電傳一張張地傳了過來。老康說：「得知妳的情況，眞想立刻搭機赴美與妳一起努力！……」具有佛心的鄭優也憂傷地寫道：「冉亮，我們都衷心愛妳，請妳一定要好好珍重！」

工商時報總編輯水江兄一聽到余小姐說出我的病情，眼眶就紅了。來信中，他要我放下一切，「爲了妳自己，也爲了我們，好好打這一仗」。

研習佛經多年的老同事，如今已是社長也是在家修行的居士彭垂銘，則希望我回台北，讓他安排我去山上廟中清心休養。

中國時報報系的大家長余董事長和余伯母也很快地打電話來，殷殷叮嚀，給我鼓勵，要我一定與醫生配合，好好去接受治療，也叫我不要擔心醫療費用的問題。

我當然衷心感謝。所幸報社已經提供我不錯的健康保險，如今生此大病還眞派上了用場，否則未來那龐大的醫藥費還眞是不堪設想。

不止如此，余先生還寫了親筆函來，用他那經常不使用標點符號的古典風格寫道：

> 冉亮：聽說你病了非常的惦記你那樣聰明勤奮天眞淳厚的孩子竟而爲病所困眞感天道無靈現在最要緊的就是你要堅強振作起來……我深信以你的性格和信心一定會克服病痛恢復健康……你要知道大家如何關切你的健康！
>
> ……

余先生在我這一生中，可說是位關鍵人物。當年我投考中國時報筆試過關後，正是他親自對我口試的；也是他一再堅持要我「修正志願」（那時只想做編譯，賺點學費唸研究所）試做記者，從此確定了我從事新聞工作的生涯。更是他在我工作一年之後，就大膽決定派我這個資淺記者到華府來工作，展開我生命旅途上一個重要轉折的歷程。

當年我隻身赴美就任時，他和余伯母到機場送行，曾對父親說：「冉亮就像我們自己的孩子一樣。」那句話相信對難捨的老爸也是一種放心和安慰吧。

仍是他，在有一年報社社慶熱鬧過後回到家中，夜闌人靜，看到月落中庭，想起遠在他鄉的遊子，遂在窗下展紙把關懷捎了過來。這信，我每次展讀，都不禁鼻酸。

冉亮：

今天十二月一日是工時（工商時報）的九周年，同一天兩報（指中國時報與工商時報）搬進新大樓，站在上百坪寬暢的編輯部上，回想當年竹籬木屋開創時的情形，眞也有不少複雜的感想。

從編輯部回到家中，四周靜悄悄的夜已深了，看到高樓上的燈光，照著地上的樹影，好像月落空庭，不禁想到遠方還有一個孩子，未曾參加今夜的集會。記起她初進報館時，長髮垂肩，那麼天眞而有些自負的神態。更記得她在茫茫人海的華府，獨自地四處摸索，衝出自己一條道路的堅持。她所付出的努力和收穫，確是值得驕人，而我們也引以爲榮。格外不同的，是在一個華府現代女兒身上，竟深染著中國文化的氣息——溫婉而流露著純眞。在今天實在很少見了，能不令人懷念麼。

……

週前發出一封給駐外同仁的信，想必你已經看到了，今後要多寫稿，兩報都會刊出，中時全無保留，肇松會跟你連繫，放開手展出你的寫作才華罷。我呢，精神未老，該做的當仁不讓，讓我們齊手努力且看來朝……

余先生就是這樣一位知我，懂我，又具有文人情懷的長者。

這次我病倒，他除了寫信和打電話之外，又先要中時駐華府的長官傅建中兄來看我，然後讓他女兒余範英小姐跑一趟華府，帶來他們的關切，更一再囑付，要我不需擔心醫療費用，保險公司不付的部份，由報社來負擔。

傅建中兄也曾主動提醒余先生美國醫療費用之龐大，而且健康保險也有不同程度的承保。這份情義令人衷心感謝。

但是，像骨髓移植那麼昂貴的手術費用，即使保險公司不承擔，我也從不曾想過要求助於報社。我的原則是「做人要有分寸，不可過份」。

傅建中兄又常給我寄來與乳癌相關的剪報。有一次收到一張相片剪報，是一名患了血癌的男孩，因爲接受骨髓移植而成了光頭，結果他班上男同學都剃了光頭，與他作伴。相片中一些小光頭亮得發光，卻都笑容可掬。

建中兄在來看我之前，很體諒地先打電話，又電傳來一封信。信中說道：

昨天我和 Miles 通過電話，談了很久……我一直認爲他是一位很好的先生。夫妻本來就是疾病相扶持。爲妳慶幸，Miles 全心全力支持妳和病魔戰鬥。作爲同事和朋友，我能做的實在有限，我只能給妳 moral support。這兩天我一直在想妳的病情，並想參透人生不可解的謎，但到頭來，我只是感到無助和無奈……（Miles 是外子的名字）

在出版公司服務的老友郝明義雖然自己不良於行，仍在電傳、電話之後，藉著參加紐約書展的機會，百忙中抽出半天飛到華府來看我。當年我被他指定寫一本書，是他策劃的「記者二十五小時」的系列之一。在他的「磨練和督促」下，我終於完成了那本書，這也奠定了我們之間的友誼。

猶記得那天傍晚突然變天，整個華府籠罩在風雨中，可憐郝大兄就被悶在機艙中整整三小時之久。等到我們見面時已是午夜時分。好似那一切就是爲了要成全「風雨故人來」的情境。

老友黃義交從華府調回台北進入官場之後，忙錄不已，卻在我初時病倒那期間一直掛念著我。有一天，他說也算是「心有靈犀」，掛了通電話來。我正爲了該接受西醫療法還是中醫治療而苦惱著，聽到老友的聲音，一時眞是百感交集，而他對我的病情更是驚訝不已。

掛了電話，他立刻寫了長信來給我打氣，希望我仍是「那個永遠堅強、樂觀，且當機立斷的冉亮」。他認爲以我病情的嚴重，還是接受西醫的開刀與化療比較保險。

另一位新聞官朋友孫光華調回台北之前，託人轉交給我一封信，對我殷殷關切，而且還附了一張百元美鈔，要我好好補補身體。

光華兄在華府一向節儉自愛，卻對我如此大方，令我感動不已。我也始終認爲，他那純正誠懇的個性十分難得。但願他早日遇上一位紅粉知己，玉成良緣。

中時的老同事，也是曾經與我共同「打拼」過的戰友鄭榮銘和杜念中，對我的突然病倒似乎感到不知所措，隔著電話，唏噓不已。但我知道，他們不用說什麼，我都懂的。

這兩位編輯同事，分別在中時及中晚與我合作過。他們的策劃能力、強烈的新聞感，以及主動與線上記者連繫，加以督促和啓發，鼓勵他們發揮的領導風格，使我深深受益，並使我了解編輯（或主管）與記者之間的合作無間是報社多麼可貴的一種資產。

中時編輯台上的朋友也紛紛來電問候。陳國祥兄與胡鴻仁兄並且熱心地要爲我向朋友去要治癌偏方。對他們的誠意我都心領了。

在華府的同業朋友更是沒話說，鍾辰芳、林達、胡宗駒、蔡俊榮、谷季柔、林寶慶……等等，送書的送書，送菜的送菜，還紛紛帶著花來看我，也一再給我打氣。

我的「對手」，同業聯合報系經濟日報的劉其筠，故作風涼實則安慰地告訴我：「妳放心啦！妳可別想妳會病死讓我們哀悼妳，妳沒那個命啦！」在我熬過難關又開始跑新聞時，他見到我，又忍不住給我一個歡迎式的擁抱。

有天夜晚，我輾轉難眠，心中一股寫的衝動。那最黑暗的時期我已走了出來，我深深感謝許多朋友伸出的友誼之手，而在那時，我的身體狀況是不允許我一一致函道謝的，於是就決定藉中時社刊，以一篇文章來向大家致意。

沒想到那篇文章引起了廣泛的回響，先是被同事康復明好意轉給了《新聞鏡》週刊轉載，繼而爲海外版中央日報轉載，後來又被美南報系的華文報紙轉載。於是，海內外新聞圈就傳開了我生病的消息，隨之而來的則是許許多多舊雨新知的無限關懷和祝福。

《新聞鏡》的發行人歐陽醇前輩，是我剛考進中國時報時的總編輯，多年來對我一直愛護有加。他勤於「寫條子」表達關懷與指教的方式，最是令人難忘。得知我生病以後，他寫來的信就猶如一位憂急焦心的老父般，對我關愛有加。

這次，他收到工商時報老同事康復明寫給他的信和我的文章以後，竟在《新聞鏡》上用了整整六頁的版面推出「關懷冉亮，早日康復」的專輯。

我平靜而辛苦的生活圈子突然間開闊起來，黑暗也逐漸被溫暖的陽光驅散。

我發現關心我的朋友眞是來自天涯海角，從台北，從美國，到英國、德國，更還有從澳洲捎來的問候。

台北行政院政務委員王昭明公曾爲我的書《十年經貿煙雲》寫序。我們的有緣認識全靠報紙，彼此都是在「報上見」而留下印象。八〇年代中，我有一次回國述職，才去經濟部拜訪了這位官場中的「才子」。如今他看到《新聞鏡》以後，立刻寫了信傳眞過來。在信中，他告訴我：「妳不可忽視認識妳的人都領略了妳的才華，內心由讚佩而發展爲對妳深摯的愛，這不是一般人容易擁有的幸福……。」

這樣的稱許令我受寵若驚，然而也是他提醒了我，苦受也是可以與幸福並存的。

李潔明（James Lilley）大使送來花籃，附上了他的親筆函：「請妳趕快康復，我們好再進行那些有啓發性的訪問——至少對我而言。」

我看了不覺莞爾。他知道每次我去訪問他，我們都會談好久好久，我喜歡問到底，他有時會被「激發」地講出眞心話，但訪談完以後，他又會警覺地叫道：「不行寫出來啊！」

台北中時的老同事吳鈴嬌，如今也是一位在家修行的居士。她寫了長信來，告訴我她自己的人生經驗，她也認爲腫瘤是與心情的鬱結有關的。她並且說：「妳可能也是有個結，一個來自親人的結。現在既然要把結打開了，妳就且寬心吧！」阿嬌，妳是知我之人，謝謝妳。

連美國政府的官員朋友也有「人情味」的一面，像「貿易代表署」八〇年代對台談判的主將歐蓋爾（Peter Allgeier）在卡片上寫著：「Louise，我每天在上班的路上，都要爲妳禱告一次！我的禱告可是很準的！」

「美國在台協會」（AIT）的理事主席白樂崎（Nat Bellocchi）大使也幽默地寫道：「我知道妳想讓我清靜一下——但也不是用這個方式啊！早日恢復健康吧！」

有一天我打電話到駐美代表處找人，接電話的秘書小姐謝玉娟突然告訴我，我們雖不熟識，但她正在爲我禱告……冥冥中，上帝又讓我認識了一位益友。玉娟信主極爲虔誠，當她受到感召時，會給我寫來長信，也總帶給我啓發。

好友楊艾俐（在天下雜誌工作）一向善感又體人，對我的苦似乎格外能體會。

她來信說：「一直記掛著妳，昨天在報上看到妳的文章。每次看到妳寫，我的眼淚就會掉下來……」她知道我如何在設法「苦中作樂」。

中時國際組主任唐光華主動寫來長信，把他自己曾在大病生死之間掙扎後十年來的養生之道傳授給我，尤其是強調「心靈的力量與信、望、愛等積極的念力」。他也建議我應爲自己規劃一套有益健康的飲食組合、日常作息及運動等，像他就是以素食爲主，運動上則是打太極拳和打坐。

不過這套規劃應以自己的情況爲準，畢竟每個人的體質、興趣與感受不同，並沒有所謂固定的範本。

他還提到「超自然力量」（上帝）的存在，對心存善念與對生命熱愛者會行「神蹟」的信心。

光華兄不是一個簡單的人，自己久病成醫不說，還培養出一個天才兒子，小小年紀就精通數理，研究易經，談論哲史。兒子的教育完全由他和妻子李雅卿負責，也走了一段辛苦路，因爲一般學堂已不能幫助這個小天才的發展了。

此外，我總佩服他在滾滾紅塵中的那股定力，一旦決定就毅然淡出，前往德國留學，全家一起去適應另一個文化，學成後再返回報社服務。同樣的，他也會因爲與陳履安理念相合，而毅然請假半年，義助陳氏競選（總統）陣營，無所躊躇，一往直前。

中國時報的「友報」聯合報系有不少同業因爲看到我在《新聞鏡》上的那篇文章，而主動給我寫了信來，包括高惠宇、傅依萍、陳裕如、周玉蔻和劉曉莉等。

依萍和裕如兄本是當年我們「黃埔一期」一起考進中國時報的同事，我被派出國以後，他們後來因故跳槽進了聯合報，眞可謂各奔天涯了。

然而，因著我的病，他們仍然伸出友誼之手。像裕如兄在送我的書上寫著：

冉亮：

早日康復。

妳的人生旅途上將再增加一項光榮戰績，我深信如此。

朋友們習知活潑有衝勁的女孩，經此一役，會蛻變爲堅毅，成熟，令人肅然起敬的女士。

Hang on!

無盡的祝福

陳裕如敬上

裕如兄，你畢竟如我心中所想的，仍是一位性情中人。我有沒有機會「蛻變」可不知道，但我會 hang on（撐下去）的！

高惠宇是我當年進入中國時報時的第一位「可敬的對手」，對她的經驗和衝勁佩服不已。如今她已晉身政界，來信提到她在山上開會時（國大代表會議），從《新聞鏡》中得知我的情況，就振筆疾書，寫信來問候了。

後來她還託了華府另一位國大代表巫和怡學長給我帶來祝福的禮物——一串玉佛珠鍊，眞令我感念。

周玉蔻這位台灣新聞界的名人，也是因著《新聞鏡》上那篇文章而結的緣。從通信中，看得出她對新聞工作的壯志未酬與熱愛，而這也成爲我們日後通訊的一項共同話題。

她的第一封信中這麼寫著：

日前看到妳專訪（CNN）Turner，眞讓我羨慕極了。雖然離開記者崗位，但從特殊人物專訪中所獲得的那種學習與衝擊，仍然深深地流在我的血液裡……

看著妳閣下對他也表現了同樣的專業熱情，我爲妳高興，也眞心認爲，我倆在專業上應該可以是促膝長談的好友。

她對新聞工作的熱忱和執著不難從字裡行間看出來：

我在新聞界近二十年，素來有一個將美國新聞界那種精神引入台灣的壯志！只不過在此地知者難覓。而妳這十餘年來在華府的敬業與表現，正是我追求的那種新聞工作者典型，希望妳不要認爲我肉麻，我眞是默默地欣賞著妳的才情，也想像著更多更多這種記者潛移默化台北新聞界的可能……

玉蔻，妳曾說過會來華府一趟，屆時我們可以好好地聚首交談。我始終在盼

望著那一天呢！

還有那許多失聯的朋友，從過去的同窗賈夢鶴、金明瑋、李宗偉，到童年老友王偉如、狄詩倫、劉夢西，更有相知的新交林芝、徐青雲、刁曼蓬……他們主動捎來關懷，也帶來驚喜；更有那些在卡片上簽名並留下鼓舞和祝福的無數北一女校友和師長，都請容我在此一併致謝。

北一女前校長鄧玉祥在卡片上告訴我：「笑口常開是治病最好的方法。天下沒有治不好的病，……我在等你的好消息！」現任北一女校長丁亞雯也諄諄告誡我：「親愛的校友，綠園的精神是小草精神，小草是堅強不屈、立志要長大的。謹代表綠園師生祝福你，克服困難，迎向光明與春天。」我珍藏著你們的每一句話，每一份心意。

生病雖苦，但因著這無數的情緣而使得生命的情境爲之美好。

我的妹妹冉亮

冉台

亮妹雖是家中最小，卻是最成熟和傑出的。幼時人見人愛，暱稱「小胖」的她，如今已是新聞從業人員中的佼佼者。她的新聞報導有如一股清流，在中美之間的種種做了許多良性的互動和詮釋。許多未曾謀面的讀者寫信給她，在這個功利的現實社會裡，仍然有許多有情有義的人在爲理想燃燒自己和照亮別人！

亮妹外派去美至今已二十多年了，但她對家的關心與照顧有增無減。她做人做事很努力，而且感性，我從來沒有聽她說過一句不恰當的話。父母同時病重時，我在台孤立無援，只有她每天給我精神支援，甚至不顧一切地飛回台北照顧兩老，並與我換班，唯恐我應付不過去也倒下。還記得亮妹從機場直奔榮總醫院，到時竟然昏倒了。原以爲是坐飛機太累，竟不知乳癌已在長期辛苦工作、過於勞累的情況下開始發作了！

當年的「小胖」變成了瘦骨嶙峋的一個遊子在外打拼，生了重病還要自己開車去作檢查，吐過後搖搖頭，擦掉眼淚又馬上去面對現實。我常想，如在台北，我可以每天照顧她無微不至。問她何時最希望我在場幫忙，我一定天涯海角赴美照顧。她慈悲的心怕我請假影響工作，竟然安排我在她仍可照應我在美進出的狀況下赴美相聚。

《心靈雞湯》書中有一句話：「父母給孩子無盡的愛，子女給父母帶來希望。」亮妹為了兩個可愛的孩子懷抱希望。就是這希望，讓這個美麗的靈魂突破萬難，活過來了！她的笑容依然燦爛！

病後，她第一次回台北看父親，年三十（除夕）到達機場，竟然是坐著輪椅推出。我立刻跳上前去，匆忙送她去急診。台北鞭炮響起的午夜，急診室的除夕，知道她是由於抵抗力太弱，體內發炎，我才鬆了一口氣。

我眼中真、善、美的她，有如她喜愛的歌〈油痲菜子〉，一路走來，好辛苦！

我有一日在家做了什錦如意菜，心想在美國的她如果能夠吃到家鄉菜多好。不知是心有靈犀，還是老天安排，魯肇忠大使的夫人剛好派人送了什錦菜給她。

多麼溫馨的感受，感謝老天！

人說在美國生活，難免會受到那種「至高無上的個人主義」的文化震盪，進而也會變得重視個人主義或「唯我獨尊」。但在我眼中，她卻沒有變得「美國化」，而仍然持守著中國美好文化氣息的一面。

我們曾相約老時作鄰居，彼此扶持。亮妹很愛看書，精神生活是最富裕的，更是我心靈交通的朋友。兩個善良的孩子和她的夫婿也與我處的很好。希望我將來作爲他們的鄰居，謝謝他們闔家給我世上最珍貴的親情。

謹在她出書的前夕，衷心祝福她健康美滿。

（冉台，現爲美商茂宜百貨股份有限公司台灣、菲律賓分公司總經理）

附錄

一 透納訪問記

冉亮

當年，人們對他的想法嗤之以鼻，笑他是瘋子；如今，人們最稱讚他的，則是他的「先見之明」。曾經，他是如此年輕氣盛，對自己的雄心壯志從不掩飾，以致被人取笑爲「南方的大嘴巴」；如今，他證明自己幾乎具有「點石成金」的能耐，他的一言一行也都成爲行家注目的焦點。

泰德・透納（Ted Turner），三十三年前當他父親舉槍自殺留下看板廣告事業的爛攤子時，他不過二十三歲。但他毅然決定挑起擔子來，把父親原已轉手的重要業務又接下來重新發展。

他抓準時機，從看板廣告業轉而晉身到有線電視的新興行業，爲了爭取固定的運動轉播節目，他毅然買下兩個地方棒球隊及籃球隊，遂開始在美國南方小州的喬治亞爭取到一些喜歡看運動節目的固定訂戶。

同時，他也是一名狂熱的揚帆賽手，在變化無窮的海洋上或順風揚帆或逆勢而行。他喜歡掌舵，也是一位脾氣大、嗓門也大的船長。

但是，他征服了海洋，一連四度蟬聯國際揚帆冠軍寶座，創下世界紀錄。

於是，他又要征服天空——經由人造衛星。

誰都不看好他，雖然他那地區性的有線電視台已擴充到運動與影片節目的不同頻道。但是，早在一九七六年，他就想到要成立一個全天候的新聞性有線電視台，兩年後他毅然準備付諸實施時，沒有一個大公司願意與他合夥投資，而是抱著看戲的態度旁觀。

於是，那個「南方的大嘴巴」的泰德小子，就盛開了一趟如何「從無到有」的摸索之旅。

他請來素有「電子新聞之父」的專家襄費德 (Reese Schonfeld) 主持新台的技

術大業，限於經費他們又到全美各校徵求剛畢業的新聞系學生，就像一個「新生訓練營」那樣，大家日夜趕工，終於八〇年六月一日正式開播了。

而透納對這個新成立的「有線電視新聞網」（ＣＮＮ）的期許則是：「我們將無休止地報導新聞，直到天涯海角，直到世界末日！即使那時，我們還要做現場轉播！」

他的狂言卻只招來美國三大電視網的嘲笑，經常諷刺ＣＮＮ不過是「雞湯麵電視台」（Chicken noodle soup channel），更不用說對ＣＮＮ的記者特別尊重了。但是ＣＮＮ的老闆卻不坐視這種情況下去，爲了白宮與三台都對ＣＮＮ採取排斥態度，透納一狀告到法院，爭取平等待遇，而於八二年勝訴。就此ＣＮＮ得以與三大電視網平等採訪對白宮總統的所有新聞，而得以在立足點平等的基礎上開始建立其專業地位。

而他當初的狂言，也逐漸證明並非戲言。ＣＮＮ無所不在的現場採訪和報導，無形中竟改寫了「新聞」的定義，它使得「新聞不再是已發生的事」，而成爲「正在眼前發生的事」了！

更且，它把國際間風雲大事也帶到人們的客廳中，親眼目睹事件的發展和演變。

透納的看法則是：「有線電視新聞的黃金時代已經來臨！過去中古黑暗時期，只有教會與政客可以有知識，而民衆則置身於黑暗中；如今，知識就是力量，而CNN則進一步拉開了資訊民主化的時代。」

儘管CNN可說是透納的「金字招牌」，但是那實際上卻只是他經營的企業之一。透納的集團正式名稱叫做 Turner Broadcasting System, Inc.（TBS），然而如今他已擁有五個有線電視台，從新聞到古典電影，從運動到卡通專門頻道；即使是新聞節目，透納也有兩個專門頻道以便兼顧深入與調查性的新聞。再加上後來開闢的CNN國際新聞頻道，針對國際市場製作播出，如今已成爲成長潛力最大的一項企業。

透納的腦筋恐怕不曾停過，他拚命收購軟體資訊，尤以電影片及卡通爲主。

然而，今年五十六歲的透納一生卻絕非一帆風順。表面上，他喧嚷熱鬧，內心裡卻經過許多孤獨的掙扎；他生長於一個不正常的家庭環境中，主要是他的父親患有如今醫學界才認定的「癲狂與抑鬱交錯症」(manic depression)，對這獨子又愛又嚴酷，只是愛絕少表示出來，但嚴酷卻經常使出。

更令人不解的是，父親在他六歲時將他送到寄宿學校去讀書，任憑小泰德的媽媽哭得肝腸寸斷也不爲所動。九歲時，他更被送到喬治亞軍校去讀書，十二歲暑假時開始在父親公司打工，所賺的錢一半以上得付父親房租。他也經常在父親極不穩定的情緒下動輒得咎而遭到毒打，據說，他的父親要兒子怕他，由怕而生不安全感，而「不安全才能孕育偉大」。

唯一的妹妹又不幸染上腦病受盡折磨而死，對小泰德的心靈也蒙上另一層陰影。

泰德在學校產生了相當的反抗心理，總是被體罰。直到高中時代，泰德才突然改變態度想要爭勝成功，其表現尤以他參加全州辯論比賽奪魁可見端倪。

泰德在進入名校布朗大學不過兩年後，卻因行爲不檢（搞男女關係）而被退學。結果他終於又回到父親的公司工作。他一方面拚命努力要證明給父親看，另方面，他的經營頭腦和生意能力也開始有「青出於藍」的跡象。

然而父親精神方面的病情卻在惡化中，但從不吐露，只是自苦著，對兒子則既驕傲卻又視之爲競爭對手的敵視，對自己的事業更開始做不出不可理喻的安排，直到他終於受不了自己的折磨而自得解脫爲止……

然而，活著的兒子卻始終仍在努力想要證給父親看，他雖不曾得到父親的愛，但是他希望得到父親的肯定。

而泰德的私生活也始終「多彩多姿」，早婚的第一次只維持了一年，再婚的第二次，他實際上卻如同「自由人」般永遠有美女在身邊，他揚帆航海，他發展事業，他依然脾氣暴躁，也絕少與妻小共處。兩次婚姻，他共有五個小孩，卻全交給第二任妻子撫育。

好似他的生活還不夠精彩，二度主婚以後，如今他的終身伴侶竟是在聲望上甚至財力上與他旗鼓相當的名影星珍芳達。

這是否是他給人們的最後一次「驚艷」？或許還有待時間來證明。

（原刊民國八十三年三月七日工商時報）

二　透納訪問側記

還沒訪問泰德・透納之前，最大的夢魘就是，萬一他突然人發起脾氣的時候，我該怎麼辦的問題。

因爲在書中曾讀到，有次一位記者問到他個人人品問題時，他突然像發了瘋似的跳起來大罵，而且還砸了那記者的錄音機……。

事前讀遍有關他的書籍和報導，對他的認識無疑是「鬼才」加「怪人」。但對於他內心深處人性的一面則尤其好奇。

走進他氣派的辦公室時，還沒見到人，他的大嗓門就傳來了，他一派熱忱大氣，我突然了解可以人們稱他是「南方大嘴巴」。對他的毫無架子反而有好感。

訪談中，頗讓我吃驚的是他對自己的「個人問題」持著相當開放坦誠的態度，而且幾度主動提起他的個人生活歷史和態度來，於是我不必再擔心他會發脾氣的事了。

除了對自己過去婚姻的坦白以外，言談中也顯出他對目前婚姻的珍惜與一種坦然態度。

他還提到另一位華裔女新聞從業者靳羽西來，告訴我他們曾經約會，度過美好時光……。

透納的事業成就從CNN大樓的氣派就可看出其光輝，但若設法去了解他曾經走過的一段內心深處路程，恐怕也難免不會動容。

他父親自殺時是五十三歲，那巨大的陰影曾日夜追隨著這位表面上喧嚷外向的年輕鉅子。

獨處時的他顯然感到孤獨和一種無名的恐懼。許多年他其實生活在一個陰影中，那就是覺得自己也終將步其父親的後塵自我了結生命。而且認爲自己也不會活過五十三歲，他甚至在那些年間在自己的抽屜裡，都一直放著父親自殺時使用的那把槍……。

而且，現實生活中的他也有個性兩極化的現象，一會兒興高采烈，卻在突然間可以變得暴跳如雷。

莫非他對揚帆於大海的狂熱，正是自己試圖面對孤獨，又要征服心魔的一劑藥方？

他的第二任妻子，爲他撫養五個孩子，也受了許多委屈，最後求教於心理醫生時爲他也開了一扇門，他終於與醫生合作，共同正視自己或許也有抑鬱症的病情來，他開始服用一種穩定情緒的藥物，據說至今未停且效果不錯。

如今的他生意眼光仍然一流，精力依然充沛，事業上仍在衝闖，然而言談間卻讓人感到他已有一股「安定感」，他似乎也從「小我」走了出來，投身於「大我」的天地中去，關心人類，關心世界和平也關心這個地球的環境來。

他甚至變得愛家愛孩子！當我問他這一生自覺最大的成就是什麼時，本以爲他會選CNN的，沒想到他斬釘截鐵地說：「是看到我的孩子們都成長得很好！」

「多令人驚奇的答覆啊！」我忍不住這麼說，他卻走到房間另一邊面對著一大堆家人像片要我也過去看，然後，就像每位驕傲的父親一樣，一張張向訪客炫耀起他的「成就」來……。

如今的他，自從與珍芳達同樣「梅開三度」以後，似乎也不再頻傳緋聞。或許對他們而言，兩人都已「千帆過盡」，終於找到了最後的港口而安定下來了！

面對他一牆的家人照片和他的滿足神態，不禁問他這一生可還有何遺憾？他若有所思的說：「是呀！我這一生可是樂趣無窮！至於遺憾嗎？……」他突然低聲說了一句：「我希望早點變好就好了！」

然後，他又正色表示，其實目前他沒什麼遺憾的。

但我畢竟聽到了那聲低語。他是指希望自己的「病情」早日治好，還是指自己過去「偏離常軌的行徑」早點改好呢？

那並不重要，要緊的是，如今他終於走出陰影，對自己有份踏實的好感就好了！

（原刊民國八十三年三月七日工商時報）

三 鮑威爾將軍訪問側記

一張甜美的相片，一個美麗的婦女，身旁依偎著一對小兒女，三人都笑意盈盈。

笑顏傳到了遙遠的越南單地，那美國大兵在聖誕節期間收到這份親人的禮物。多年後，他仍然記得：「我盯著這張相片，足足好幾個小時！」

看到這句話，就被感動了。鐵漢柔情，就在這句話中顯露無遺。柯林・鮑威爾（Colin Powell）將軍是位「有情」之人。

這個生長在紐約各色人種雜居地區的黑人小孩，父母是來自牙買加的移民，在紡織成衣廠工作，地位雖低，但鮑爾夫婦自尊則高，極為重視對下一代的教養。儘管經濟情況不寬裕，但孩子在每個週日，總是衣冠整齊的和父母一起上教堂。

幼年時表現並不出色的鮑威爾，卻在大學時因參加「預備軍官」訓練班而發現到自己的興趣，他喜歡當兵，他喜歡軍營生活家庭式的歸屬感，他更發現自己還有領導的能力：，於是，興趣變成了志趣。

而當年那個曾經在汽水工場拖地當童工的小孩，也是在美國還停留在「種族歧視」的環境中長大的小孩，卻在從軍以後，走出了自己的一條大路，從被選爲「白宮學者」的經驗之後，他一路發展，同時受到軍方與政府的重視，四十二歲時他已官拜少將，成爲美國陸軍最年輕的將軍，後來又被政府「挖角」先後在國防部與白宮服務，到八七年時他受命成爲雷根總統的國家安全顧問，深入白宮決策圈子，到八九年時，他更達到軍職的巔峰地位——成爲參謀首長聯席會議主席。

似乎這樣的工作閱歷還不足以凸顯這位黑將軍的能耐。隨著國際風雲的變幻，鮑威爾不但親眼目睹「東西冷戰」結果的最早現場而主動展開美國的裁軍計畫與戰略調整：在「後冷戰時代」的初期，他更面臨到波斯灣戰爭的考驗，而這位在幕後運籌帷幄的大將也在戰勝之後一夕之間成爲美國甚至世人眼中的英雄。

英雄鐵漢的外表下，卻是一個感情豐富而平易近人的「愛家男人」。

對與他結褵已超過三十年的妻子艾瑪，他自承她是他的穩定中心，提到她時，他邊講邊想：「她很堅強，又明智，對我則總會在一旁提醒我凡事別走過頭。」

而當外界懷疑是艾瑪左右了大婿決定不投入總統選戰的主因時，他會忙不迭地表示：「我不願把負擔推到她身上去，是我自己做的最後決定。」

這是一種呵護，也是愛心。

他也不避諱艾瑪有「精神抑鬱症」的毛病，或許是不願別人去猜疑，而寧可坦然說明，艾瑪的病不是「精神失常」，而是一種「身體上某種化學物質的缺乏」。因此只要吃藥就可控制。

他們夫婦更進而鼓勵別人如果生活出現一段時期抑鬱情況，「最好趕快去看醫生，因爲很可能是有藥可以治療的！」

而當他們的愛子柱著枴杖上台演講，說到自己當年如何從癱瘓逆境中自我掙扎的痛苦：「我看著鏡中的自己，已瘦得不成人形，頭髮也已稀落，我發著抖，開始無助的痛哭起來，這場戰爭，我是輸了！但是，人類的意志力是難以令人想像的，今天，我又站了起來！」台下的將軍父親已是淚流滿面，而母親艾瑪則微笑著，但兩人眼中都充滿了驕傲與愛。

與鮑威爾談話，很容易就會輕鬆自在起來，像是在與老友聊天，不必管他是赫赫有名的大英雄或是四星上將，他讓你感覺他只是和你我一樣有血有肉的普通人。

我突然有所了悟，布希總統與他之間那種特殊的友情。

布希曾在對友人的信中稱讚鮑威爾：「一個各方面都有格調的人！」然而布希卻從未當面對他說過。

而在波灣戰後，當鮑威爾被媒體誤會時，也只有布希公然為他辯白，更以行動表明他對鮑威爾的絕對信任。

鮑威爾的感受是：「在我被打倒時，他把我扶起來，又把灰塵拍掉，然後用臂膀護著我！……」

同樣的，當布希競選連任失敗的第一個週末，被指定邀到大衛營陪總統夫婦休假的也只有鮑威爾一家人，這兩個平常話都不多的要人，相對無言中，卻似乎已經互通了千言萬語。

鮑威爾這一生走過身為「二等公民」的歲月，卻心中並不懷恨；走訪非洲時，深為自己祖先的身心流離之苦而感嘆；功成名就之後，受到英國女皇加冕之際，回首來時路，他想自己何其幸運圓了移民父母的夢想……。

他說：「我的黑色血統，乃是我自尊、力量與激勵的來源。」他不需要同情，也不接受輕侮。他總是對前人的犧牲而造就的機會心懷感謝，他也希望所有膚色的人們都能以他的故事而感到鼓舞。

他自稱，他的一生就是一個「愛的故事」，愛家人、愛朋友、也愛國家的故事。

所以，他是一個有情的人。

(原刊民國八十五年五月二十八日中國時報)

大塊文化出版公司書目

touch 系列

01	10倍速時代	Andrew S. Grove 著 王平原譯	250元
02	未來英雄	John Brockman 著 汪仲等譯	330元
03	WWW.新家庭	Seymour Papert 著 賴慈芸 等譯	250元
04	量子管理	Stan Davies 著 何穎怡 譯	250元

mark 系列

01	福爾摩啥	Psalmanaazaar 著 薛絢 譯	280元
02	西藏七年與少年達賴	Heinrich Harrer 著 刁筱華 譯	250元
03	聖經密碼	Michael Drosnin 著 杜默 譯	250元
04	絕對的藝術家	謝恩 著	390元
05	潛水鐘與蝴蝶	Jean Dominique Bauby 著 邱瑞鑾 譯	150元
06	革命前夕的摩托車之旅	Che Guevara 著 梁永安 等譯	250元

smile 系列

01	豺狼的微笑	Aquarius X 著 蔡志忠 繪圖	特別價69元
02	Peggy來占星1 愛情魔法書	Peggy著	150元

03	成功致富又快樂	溫世仁 著 蔡志忠 繪圖	特別價 69元
04	台灣黑色燴	于震 編寫	特別價 99元
05	Peggy來占星 2 工作GoGo	Peggy著	150元
06	清清醒醒過一生	Geoffry Bellman 著 丁佩芝 譯	180元
07	前途	溫世仁 著 蔡志忠繪圖	120元
08	女人要帶刺	Roberta Gregory 著 何穎怡 譯	特價120元
09	台灣經濟的苦難與成長	溫世仁 著 蔡志忠 繪圖	120元
10	穿著睡衣賺錢的女人	Migi 著	180元
11	黑鳥麗子白書	黑鳥麗子 著	150元
12	現在流行吃素	黃怡等12人合著	120元
13	心靈深呼吸	王映月 著	150元
14	給女人靈魂的巧克力	Kay Allenbaugh 著 洪國鈞 等譯	200元
15	我在花花世界	陳樂融 著	150元
16	非常壞	Aquarius X 著 蔡志忠 繪圖	120元
17	跨世紀投資策略	謝金河 著	280元
18	台灣經濟的苦難與成長 (英文版)	溫世仁 著 蔡志忠 繪圖	120元

catch 系列

01	第五元素 (VCD+彩色精裝書)	Akibo 視覺設計	450元
02	叛逆的天空 (散文)	梁望峰 著	120元

03	寂寞裡逃(散文)	梁望峰 著	120元
04	小茜茜心靈手札(漫畫)	韓以茜 著	150元
05	The Making of小倩	徐克 著	特價700元
06	千女遊魂(小說)	朱衣 著	150元
07	天若無情(小說)	梁望峰 著	120元
08	墮落天使(小說)	梁望峰 著	120元
09	在地球表面漫步(散文)	張妙如 著	150元
10	小明(漫畫)	歐陽應霽 著	150元

PC Pink 系列

01	網路是一條口紅	Peggy 著	280元

大塊文化出版公司 Locus Publishing Company
台北市117羅斯福路六段142巷20弄2-3號
電話：(02) 29357190　傳眞：(02) 29356037
台北縣新店郵政16之28號信箱
e-mail: locus@ms12.hinet.net
1. 歡迎就近至各大連鎖書店或其他書店購買，也歡迎郵購。
2. 郵購單本9折(特價書除外)。
帳號：18955675戶名：大塊文化出版股份有限公司
3. 團體訂購另有折扣優待，歡迎來電洽詢。

國家圖書館出版品預行編目資料

風聞有你，親眼見你／冉亮 著：-- 初版--
臺北市：
大塊文化，1998［民 87］
面； 公分. -- (Mark系列：07)

ISBN 957-8468-41-5 (平裝)

855 87001059

105 台北市南京東路四段25號11樓

廣告回信
台灣北區郵政管理局登記證
北台字第10227號

大塊文化出版股份有限公司　收

地址：＿＿＿市／縣＿＿＿鄉／鎮／市／區＿＿＿＿路／街＿＿＿段＿＿＿巷

＿＿＿弄＿＿＿號＿＿＿樓

姓名：

請沿虛線撕下後對折裝訂寄回，謝謝！

大塊 LOCUS 文化

編號：MA07　　書名：風聞有你，親眼見你

大塊 LOCUS 文化

讀者回函卡

謝謝您購買這本書，爲了加強對您的服務，請您詳細填寫本卡各欄，寄回大塊出版 (免附回郵) 即可不定期收到本公司最新的出版資訊，並享受我們提供的各種優待。

姓名：__________________ **身分證字號**：__________________

住址：__________________________________

聯絡電話：(O)__________________ (H)__________________

出生日期：______年_____月_____日

學歷：1.□高中及高中以下　2.□專科與大學　3.□研究所以上

職業：1.□學生　2.□資訊業　3.□工　4.□商　5.□服務業　6.□軍警公教
7.□自由業及專業　8.□其他________

從何處得知本書：1.□逛書店　2.□報紙廣告　3.□雜誌廣告　4.□新聞報導
5.□親友介紹　6.□公車廣告　7.□廣播節目8.□書訊　9.□廣告信函
10.□其他__________

您購買過我們那些系列的書：
1.□Touch系列　2.□Mark系列　3.□Smile系列　4.□catch系列

閱讀嗜好：
1.□財經　2.□企管　3.□心理　4.□勵志　5.□社會人文　6.□自然科學
7.□傳記　8.□音樂藝術　9.□文學　10.□保健　11.□漫畫　12.□其他_____

對我們的建議：__________________________________

LOCUS

LOCUS

LOCUS

LOCUS